novum pro

AF195852

MARIE ROSENÖL

Aber gut genug

novum pro

Bibliografische Information der Deutschen Nationalbibliothek:	© 2021 novum Verlag
Die Deutsche Nationalbibliothek verzeichnet diese Publikation in der Deutschen Nationalbibliografie. Detaillierte bibliografische Daten sind im Internet über http://www.d-nb.de abrufbar.	ISBN 978-3-99107-632-2 Lektorat: Monika Steiner Umschlagfotos: Sonulkaster, Cristian Badescu, Pop Nukoonrat | Dreamstime.com Umschlaggestaltung, Layout & Satz: novum Verlag Innenabbildung: www.pixabay.com
Alle Rechte der Verbreitung, auch durch Film, Funk und Fernsehen, fotomechanische Wiedergabe, Tonträger, elektronische Datenträger und auszugsweisen Nachdruck, sind vorbehalten.	Gedruckt in der Europäischen Union auf umweltfreundlichem, chlor- und säurefrei gebleichtem Papier. **www.novumverlag.com**

Inhaltsverzeichnis

Schonungslos ehrlich 7
In das kalte Wasser springen 9
Hellwach 11
Trigger 13
Konflikt 14
Seinen Weg finden – Hoffnungsschimmer 15
Wieviel Liebe 17
Was nun? 19
In Fülle sein 21
Ich mag mich 23
Gehört werden 24
Do what's right, not what's easy 26
Wo stehst du? 28
Den Weg verlieren 33
Traurigkeit 35
Wunden aus der Kindheit heilen 37
Danke, Merci, Grazie 42
Mitgefühl, nicht Mitleid 44
Geburt und Tod 47
Heiraten und die eigenen Schüler prüfen 50
Mit sich im Einklang sein 52
Meditation 54
Lockdown in der Coronazeit 55
Unsicherheit aushalten 57
Loslassen 59
Wahre Schönheit 63
Trau dich 65
Winterschlaf 66

Freiheit 67
Imagine 69
Mein alter Begleiter 71
Ich mach's allein 72
Über die Liebe 74
Vergiss deine Erziehung 77
Meine Schwächen 80
Schalte den Kopf aus 81
Der Fluss des Lebens und der „Affengeist" 83
Im Alter nicht grantig sein 84
Nicht perfekt, aber gut genug 86
Engel und Arschengel 87
Brief Albert Einsteins an seine Tochter 88
Die Welt retten – ein Leuchtturm sein 91
Quellenverzeichnis 93

Schonungslos ehrlich

*„Und es kam die Zeit, wo das Risiko,
fest verschlossen als Knospe zu verharren,
mit mehr Schmerz behaftet war,
als das Risiko, das einzugehen war,
um zu erblühen."
Anaïs Nin[1]*

Wind in den Blättern, die Äste der Bäume wiegen sich hin und her. Rosenblätter werden von den Blüten verweht, gelb, rosa, rot – wunderschön. Ich werde gebeutelt, durchgeblasen und dazwischen ist Ruhe, alles ist still.

Ich sitze im Gras und beginne zu schreiben. Worte werden zu Sätzen, Sätze zu Geschichten.

Magst du Geschichten? Dann hör zu. Ich habe momentan eine Auszeit, mache ein Sabbatjahr, das heißt ein Jahr nachdenken, in mich gehen, versuchen rauszufinden, wer ich in der Tiefe meiner Seele bin. Theoretisch weiß ich das. Es heißt ja, ich bin alles, alles ist eins. Nur, das theoretische Wissen hat mich noch nie zufriedengestellt. Ich muss die Dinge nicht nur abstrakt in meinem Kopf wissen, ich muss sie mit allen Sinnen erfahren, spüren, leben.

Um mich herum ist Lavendel, der tut mir so gut, der duftet so herrlich. Der Wind verweht die weißen Blätter Papier, auf denen ich schreibe. Ich muss meine Gedanken handschriftlich zu Papier bringen. Da fließt es, das ist wie Therapie. Wenn man die Situationen aufschreibt, werden sie klarer. Das Erdrückende ist nicht mehr ganz so schwer, man bekommt ein bisschen Abstand und Luft zum Atmen. Sonst hat man manchmal das Gefühl, zu ersticken.

Ich frag mich, was ist jetzt? Jetzt, das ist doch der einzige Moment, den es wirklich gibt im Leben, den wir gestalten können. Ich kann nur im Jetzt handeln, sein, denken und fühlen, alles andere spielt sich im Kopf ab. Das Erinnern an das Vergangene, das sind nur Gedanken, oft verbunden mit Gefühlen, aber nicht mehr beeinflussbar, gestaltbar. Genauso ist es mit der Zukunft, sie spielt sich nur im Kopf ab. Auch sie ist verbunden mit Gefühlen. Sei es Angst, wenn man unbekanntes Terrain betritt oder Freude, wenn man etwas Schönes plant.

Sonne scheint auf meine Haut, das tut so gut, Morgensonne, sie ist zart, warm, da geht mir das Herz auf.

Mit offenem Herzen durch das Leben gehen. Ja, das ist wichtig, man erlebt alles sehr tief, sehr intensiv, das Schöne und das, was Schmerzen bereitet. Verletzlich sein, da kann man alles spüren, die Freude und die Trauer. Verletzlich war ich immer schon und das wollte ich mir auch nicht abtrainieren. Keine Mauern um mein Herz aufbauen. Obwohl, das habe ich auch gemacht, die musste ich dann wieder mühsam abreißen.

Über das Leben, mein Leben werde ich schreiben, keinen Krimi, keine Komödie, keine Tragödie, keinen Roman, kein Sachbuch. Es soll alles aus mir, aus der Tiefe meiner Seele emporkommen, alles darf sich zeigen, so war meine Intention. Alles andere ist nicht essentiell, ist nur Ablenkung, Zeitvertreib. Tief soll es gehen und wahrhaftig soll es sein. Mich an der Essenz orientieren. Den Kern treffen und finden.

In das kalte Wasser springen

Jetzt meldet sich wieder der Zweifel, ein alter Bekannter, den ich sehr gut kenne. Oft schon bin ich ins kalte Wasser gesprungen, ohne viel nachzudenken, zu planen, einfach nur um den Zweifel auszuschalten. Es hat kurzfristig funktioniert, aber dann musste ich im kalten Wasser schwimmen. Es gab manchmal gefährliche Strömungen, mit denen ich umgehen musste.

Willst du ein Beispiel hören?

Ich habe mit vierzehn Jahren beschlossen in eine andere Schule zu gehen, hab es selber entschieden, trotz der Bedenken meiner Eltern und Lehrer. Ich bin ins kalte Wasser gesprungen, weil ich mich in meiner alten Schule nicht sehr wohl fühlte. Es herrschte ein großer Leistungsdruck, man musste funktionieren. Es gab wenig Empathie. Da ich ein sehr sensibles Kind war, konnte ich das nur schwer aushalten und dachte mir, es kann nur besser werden. Ich habe die fünf Jahre in der neuen Schule durchgezogen, obwohl es dort wenig gab, was mich interessierte. Alles war auf Wirtschaft ausgerichtet und das entsprach so gar nicht meinen Talenten, war ich doch voller Kreativität und Fantasie. Mit Zahlen kann ich nichts anfangen. Für mich war das eine Katastrophe. Am Anfang ging es noch, da war alles neu. Mit der Zeit wurde es aber ziemlich mühsam. Jedenfalls wusste ich, nach der Matura mach ich nie wieder etwas, das nur im Geringsten mit Wirtschaft zu tun hat.

Also, was tun?

Zufällig traf ich eine Freundin, die ein Jahr in Paris verbracht hatte. Sie war kurz in Österreich, um ihre Familie zu besuchen und erzählte mir, wie toll es in Frankreich sei. Und ich beschloss, das mach ich auch.

Ich sprang erneut ins kalte Wasser. In Paris dauerte die Autofahrt vom Bahnhof ins Haus meiner Gastfamilie gefühlt eine Ewigkeit, in Wirklichkeit eine Stunde. Ich verstand sehr wenig von dem, was die nette, sehr bemühte Familie von mir wollte, war heillos überfordert mit meinem Schulfranzösisch, hatten wir doch einen Großteil der Zeit damit verbracht, Phrasen aus dem Wirtschaftsleben auswendig zu lernen.

Wenn ich das jetzt alles aufschreibe, muss ich da noch einmal durch, es kommt nochmal hoch, will angesehen und gefühlt werden und erst dann ist es gut, kann gehen.

Hellwach

Es gibt ein paar Punkte, die mich belasten, die mich triggern und immer wieder Thema sind. Punkte, die nicht gelöst, entschieden und klar sind. Da bin ich unsicher, da zieht es in meinem Hals, ich spüre die Unsicherheit, den Zweifel in meinem Körper. Ist es richtig? Passt das?

Das ist ein großes Thema momentan. Meine Antwort für meine beste Freundin, wenn sie in dieser Situation wäre, würde sein, spüre es, fühle es, lass die Unsicherheit da sein, halt das Ziehen im Bauch und Hals, den Druck im Kopf einfach aus, es vergeht von alleine wieder. Frag, was willst du mir sagen?

Die Unsicherheit, der Zweifel, das sind treue Begleiter, ich kenne sie schon so lange. Sie kommen immer mal wieder uneingeladen vorbei. Dahinter steht die Angst, die gefühlt werden will, angenommen werden will. Wenn ich sie nicht spüre, sondern so tu als wäre nichts, kommt sie immer intensiver wieder. Man kann sie nicht loswerden. Man muss sie akzeptieren und das ist gar nicht einfach. Es geht nur, wenn man hellwach ist und sie aushält.

Da gibt es doch dieses Gedicht von Rumi

Das Gasthaus

Das menschliche Dasein ist ein Gasthaus.
Jeden Morgen ein neuer Gast.
Freude, Depression und Niedertracht –
auch ein kurzer Moment von Achtsamkeit
kommt als unverhoffter Besucher.

Begrüße und bewirte sie alle!
Selbst wenn es eine Schar von Sorgen ist,
die gewaltsam Dein Haus
seiner Möbel entledigt.
Selbst dann behandle jeden Gast ehrenvoll,
vielleicht reinigt er Dich ja
für neue Wonnen.

Dem dunklen Gedanken, der Scham, der Bosheit –
begegne ihnen lachend an der Tür
und lade sie zu dir ein.

Sei dankbar für jeden, der kommt,
denn alle sind zu Deiner Führung geschickt worden
aus einer anderen Welt.

Wunderschön und so wahr, ich habe es schon oft gelesen und es mit der Zeit immer besser verstanden. Es hilft mir immer wieder, in die Tiefe zu blicken, Dinge so zu akzeptieren wie sie sind und anzunehmen, was ist.

Trigger

„Oh holy shit", bin gerade draufgekommen, dass meine Nichte Rita, Fettblocker nimmt. Alarm in meinem Gehirn, das geht gar nicht. Wie soll ich reagieren, soll ich überhaupt reagieren? Dieser übertriebene Schönheitswahn in der heutigen Zeit ist krank. Sie ist wunderschön, so wie sie ist, überhaupt nicht dick. Wie komisch doch wir Menschen sind, fast schon zum Lachen. Wir haben definitiv Götter, die wir verehren, wie eben Schönheit, Jugendlichkeit oder Reichtum.

Immer wieder ist Bewusstseinserweiterung verlangt. Ich weiß ja nicht, ob es nur harmlos ist und sie nach kurzer Zeit selbst erkennt, dass das nichts bringt. Sofort denk ich daran, dass sie auf eine so gefährliche Lösung wie Tabletten zurückgreift, wenn sie ein kleines Problem zu haben glaubt.

Konflikt

Ein altes, immer wiederkehrendes Thema zwischen mir und meinem Partner ist sein Erzfeind Herbert. Also wir sind gerade auf dem Weg in die Sauna, als wir Herbert mit dem Roller bei uns vorbeifahren sehen. Mein Partner beginnt zu schimpfen, was Herbert nicht alles verkehrt macht und wie blöd er nicht ist. Ich kann das so nicht stehenlassen und beginne ihn zu verteidigen. Es eskaliert natürlich und wir schreien uns an.

Ich frage mich, warum wir immer wieder dasselbe Muster leben. Warum schaffe ich es nicht, ihm einfach recht zu geben.

Es gibt zwei Wahrheiten meine und seine, keine absolute. Vielleicht liegt die Lösung im Akzeptieren der Wahrheit des anderen. Das ist wirklich eine Herausforderung, echt schwer.

Seinen Weg finden – Hoffnungsschimmer

Es regnet. Es ist ein satter, intensiver Regen, ein trüber Morgen und doch ist da dieses Gefühl im Bauch, dass es aufwärtsgeht, ein Hoffnungsschimmer liegt in der Luft.

Mein Sohn war gestern noch total am Boden, ging gebückt, hatte eine schwere Last zu tragen. Diese Last ist heute viel leichter geworden. Er sieht das Ganze nicht mehr so schlimm, kann wieder positiv in die Zukunft blicken, hat Möglichkeiten eines Weges entdeckt, die er vorher nicht gesehen hat.

Danke, das tut so gut, raus aus dem Sumpf der Perspektivenlosigkeit. Losgehen, nicht mehr in diesem Nicht-Wissen verhaftet zu bleiben. Ich weiß nicht, was ich tun soll, beruflich, was ich versuche, funktioniert nicht.

Nicht aufgeben, geht dieser Weg nicht weiter, gehe einen anderen.

Das ist überhaupt nicht einfach. Die Tragödie spielt sich im Kopf ab, es sind die Gedanken, die einem das Leben schwermachen. Ich bin nichts wert, krieg nichts auf die Reihe, alle anderen machen es besser und so weiter.

Als junger Mensch, nach der Matura ins Berufsleben zu starten, ist nicht einfach. Es geht nicht ohne Stolpersteine und im Nachhinein sind diese Stolpersteine wichtig, sie lassen dich wachsen, dich in deinem Wesenskern erkennen, wer bin ich, was will ich, was kann ich?

Nach der Schule, was nun?
Komm, du bist wichtig, unendlich wertvoll, du kannst so viel. Das sollten wir in der Schule lernen, damit die Jungen voller Vertrauen losstarten können.

Nicht, das kannst du noch nicht richtig, da hast du noch Probleme, die anderen sind viel besser als du.

„I have a dream" – eine neue Schule, in der die Kinder Selbstvertrauen, Selbstbewusstsein und Mut entwickeln ohne diesen Druck – wenn du das nicht kannst, fällst du durch, versagst du.

Wieviel Liebe

September, heute ist der Himmel tiefblau und die Sonne scheint angenehm warm. Es geht immer darum im Leben, egal was man tut, mit wieviel Liebe man es macht. Und alles, was man mit einem hohen Grad an Liebe anpackt, gelingt ausnahmslos. Das ist ein Gesetz des Lebens.

Jetzt bin ich einundfünfzig Jahre auf dieser Erde und da ist es schon einmal angebracht, zu hinterfragen – war da Liebe, wo war sie, wann ist es gelungen, liebevoll zu sein, wann nicht, wovon hängt das ab?

Also was mein Umfeld betrifft, ging es vor ein paar Jahren vor allem darum, mich selbst so wichtig zu nehmen, zu lieben, dass ich mich traute, „nein" zu sagen in Bereichen, von denen ich wusste, das gibt Probleme, da verletze ich Menschen, die mir sehr wichtig sind. Trotzdem war nur dieser Weg für mich möglich, zu mir zu stehen, Grenzen zu setzen. Etwas zu stürzen, was über Jahrzehnte Tradition war, für mich jedoch nicht mehr stimmte.

In meiner kleinen Familie gab es Situationen, die mir gezeigt haben, wie sich bedingungslose Liebe anfühlt. Die eigenen Kinder sind ja die, die diese verkörpern und ich durfte sehr viel von ihnen lernen, wofür ich unendlich dankbar bin. Ohne sie hätte ich das nicht erfahren. Wenn du so ein kleines, süßes Baby auf deinem Bauch liegen hast, seine Wärme, Nähe, Liebe, Zerbrechlichkeit spürst, bist du angekommen, du hast keine offenen Wünsche mehr. Alles ist gut. Oder die Fröhlichkeit und Leichtigkeit der Kinder. Die grübeln nicht, das ist ihnen völlig fremd. Die freuen sich oder sind kurz traurig, aber dieses Gedankenkarussell kennen sie noch nicht.

Ich habe diese Zeit, als meine Kinder noch wirklich Kinder waren, unendlich genossen und da war auch Wehmut, als diese Zeit vorbei war. Ich konnte mir gar nicht vorstellen, dass der nächste Abschnitt auch so schön werden könnte.

Doch er wurde es. Anders, aber trotzdem wundervoll. Loslassen ist eine Kunst. Aber wenn du es schaffst, entsteht wieder eine tiefe Bindung, nur jetzt auf gleicher Höhe. Wertschätzung entsteht auf Augenhöhe. Es sagt nicht mehr einer, wo es langgeht, sondern man sieht den anderen, das erwachsene Kind, gleichwertig, ergänzt und unterstützt sich.

Der Weg war nicht immer einfach und angekommen ist man nie.

Wenn die Hand des Lebens schwer ist

Wenn die Hand des Lebens schwer ist und ohne Lied die Nacht, dann ist es Zeit für Liebe und Vertrauen. Und wie leicht wird doch die Hand des Lebens, wie voll Gesang die Nacht, sobald man alles liebt, allem vertraut!
Khalil Gibran

Was nun?

Ganz oft in meinem Leben war ich schon an einem Punkt, wo ich mich fragen musste, was nun. Jetzt ist wieder so ein Moment. Ich wusste nie ganz genau, wohin es ging, nur die Richtung, die war klar. Der konkrete Plan, die Struktur fehlten. Das hieß immer, „try and error" zu leben. Ausprobieren, oft scheitern, aber auch manchmal die richtige Abbiegung erwischen. Das ist nicht einfach.

Aber eines meiner Lebensziele war, alles kennenzulernen von himmelhochjauchzend bis zu Tode betrübt. Das bedeutet leben für mich, nicht in der Komfortzone bleiben, da ist alles lauwarm. Gluthitze und Eiseskälte, Sommer und Winter, Berg und Schlucht, alles erfahren, darum geht es.

Ab und zu muss man auch durch schwierige Zeiten durch und durch diese wächst du.

Mein Sohn ist gerade an einer Weggabelung. Seine beruflichen Wünsche und Ziele sind derzeit nicht zu verwirklichen, jetzt heißt es entweder abwarten oder einen anderen Weg einschlagen. Dieses Nicht-Wissen, dieses Abwarten ist eine große Herausforderung für einen jungen Menschen, das kenn ich gut. Ich würde ihm das gerne ersparen, aber tief im Inneren weiß ich, dass diese Phase extrem wichtig ist und er da durchgehen muss.

Ich kann ihn nur begleiten, da sein, nicht zu viel dreinreden, nicht zu viele gutgemeinte Ratschläge geben, einfach gemeinsam die Ungewissheit aushalten, sie da sein lassen. Im Wartemodus zu sein bedeutet, dass es schwierig ist, das Vertrauen nicht zu verlieren, dranzubleiben, nicht aufzugeben.

In Fülle sein

Da gibt es dieses Gesetz der Resonanz – das was du fühlst, ziehst du an, verstärkst du. Also, wenn du im Mangel bist, wenn du meinst, dass du nicht genug hast, wirst du Situationen erleben, wo du nicht genug hast. Nicht genug Liebe, oder Zufriedenheit oder Geld, was auch immer, was gerade dein Thema ist.

Die Lösung ist, in Fülle zu sein, also das heißt Liebe auszustrahlen, die anderen und vor allem sich selbst zu lieben, dann ziehst du Liebe an. Das geht auch mit Zufriedenheit oder mit Geld, oder allem, was gerade ansteht. Es fängt im Kopf an – wenn ich immer jammere und klage, dann bin ich im Mangel. Wir Österreicher sind ja Weltmeister im Jammern, das sollten wir dringendst überdenken.

Lebe jetzt schon das, was du willst. Es zu wissen ist das eine, es zu tun, das andere. Es ist eine Herausforderung, Muster, die man jahrelang gelebt und dadurch verstärkt hat, zu ändern. Aber es geht, man muss sich immer wieder erinnern und achtsam sein. Sobald man merkt, man fängt an zu jammern, neu entscheiden, ich will das nicht mehr, ich will kein Opfer mehr sein. Von niemandem und von nichts. Denn sobald ich in der Opferrolle bin, gebe ich meine Macht ab. Der andere oder die Situation bestimmen über mich. Das will ich nicht, ich will mein Leben und jeden einzelnen Moment selber bestimmen.

Manchmal ist die Opferrolle trügerisch, es ist bequem und oft viel einfacher, sein altes Muster zu leben, zu jammern und andere zu beschuldigen, die Verantwortung abzugeben. Selber die Verantwortung zu übernehmen, ist anstrengend und gefährlich, man könnte Fehler machen, falsche Entscheidungen treffen – es ist schwierig und doch der einzige Weg, der ans Ziel führt.

Ich war, was die Beziehung zu meinen Eltern betrifft, wie sehr viele Menschen, manchmal im Mangel. Hab mir ihre Unterstützung gewünscht, auf meinem Weg. Sie konnten sie mir nicht immer so geben, wie ich mir das vorstellte.

Als ich nach Paris ging, reagierten sie mit Unverständnis und Angst. Sie konnten einige meiner wichtigsten Entscheidungen im Leben nicht mittragen. Heute bin ich ihnen nicht mehr gram, es überforderte sie oft, wie ich gewisse Situationen lebte. Ich brach Traditionen, die ihnen sehr wichtig waren und umgekehrt ist es genauso. Sie wünschten sich von mir auch mehr Unterstützung, die ich ihnen nicht geben konnte. Vielleicht muss das so sein, vielleicht können wir nur auf diese Weise lernen, uns abzugrenzen.

Den anderen so sein lassen, wie er ist und ihn seinen Weg gehen lassen und nicht die eigene Weltsicht aufdrängen ist schon eine wirkliche Herausforderung.

Ich mag mich

Bin in meiner Mitte, im Vertrauen, bin entspannt, kann die anderen spüren, so sein lassen, wie sie sind, empathisch sein, mitfühlend, ohne den Drang, sie verändern zu wollen.

Ich möchte die Menschen, die mir nahestehen, unterstützen; manchmal bin ich sehr vehement. Sobald ich die Lösung sehe, gehe ich direkt drauf los und überfordere die anderen. Ich vergesse, dass es nicht in erster Linie um die Lösungen geht, sondern um die Erfahrungen, das Bemerken der eigenen Einstellungen, Verhaltensweisen und Muster. Das geht nur langsam, der Erkenntnisweg ist für mich wichtig.

Gehört werden

Es gibt da diese Geschichte mit meinem Sohn. Ich wollte ihn unterstützen, aber das ging ziemlich nach hinten los. Also mein Sohn ging in die fünfte Klasse Gymnasium und die Schule machte ihm überhaupt keine Freude mehr. Seine besten Freunde begannen eine Lehre und er wollte die Schule abbrechen. Ich sah sein Potenzial, er tat sich nicht schwer in der Schule, praktisch veranlagt hingegen war er nicht unbedingt. Deshalb war ich dagegen.

Ich setzte ihn unter Druck, durch Handyverbot und solche dummen Ideen. Es schaukelte sich hoch und wir stritten ziemlich viel und kamen nicht klar miteinander.

Endlich, bei einem Schweigeretreat, auf dem ich den ganzen Tag meditierte, sah ich in einer Meditation, wie es meinem Sohn wirklich ging. Ich spürte seinen Schmerz, sein Nichtverstandenwerden und seine Verzweiflung. Es fiel mir wie Schuppen von den Augen, was ich in meinem Glauben, alles richtig zu machen, angerichtet hatte. Wieder zu Hause, entschuldigte ich mich bei ihm, dass ich so böse, hart, ja sogar gemein war, in meiner Überzeugung das Richtige zu tun.

Mir zieht es heute noch – fünf Jahre später – im Bauch, wenn ich daran denke, wie überzeugt ich war, es richtig zu machen und es gut zu meinen.

Ich bin unendlich dankbar, dass ich verstanden habe, was wirklich los war und ich seinen Schmerz fühlen konnte. Schlussendlich ist er gesehen und gehört worden, das ist ein menschliches Grundbedürfnis und manchmal so schwer zu erfüllen. Zuhören, Lauschen müssen wir lernen, dann hören die Missverständnisse auf und die Wahrheit kann erkannt werden.

Diese Geschichte ist eine der wichtigsten Erkenntnisse in meinem Leben. Deshalb finde ich Meditieren so wichtig; es ist eine Möglichkeit, hinter seinen Überzeugungen die Wahrheit zu erkennen.

Do what's right, not what's easy

Triff eine klare Entscheidung!
Aus der Kirche austreten, das ist schon lange Thema für mich – gemacht habe ich es trotzdem noch nicht. Jetzt ist es Zeit, mich zu fragen, warum?

Also für meine Eltern war Kirche sehr wichtig, sie nahmen mich als Kind auch immer in die Messe mit. Ich war nie überzeugt von dieser Haltung, die Messen empfand ich als mühsam, langweilig, zum Absitzen, schlimmer als die langweiligsten Gegenstände in der Schule. Vor den Priestern in ihren schwarzen Roben hatte ich Angst und fühlte mich unwohl. Sie waren für mich immer scheinheilig, der Schein war das Wichtigste. Ich empfand sie immer als bemüht nett und freundlich, aber nur, wenn du ihre Regeln befolgtest. Es wurde viel mit Angst gearbeitet. Du bist sündig, schlecht, musst beichten, die Hölle existiert und wenn du nicht brav bist, landest du genau dort. Es ging viel um Gehorsam.
Brav das machen, was der Herr Pfarrer sagt, denn der kennt die Wahrheit.
Da war ich immer schon skeptisch, da mir die Priester nie so vorkamen, als würden sie wissen, wie man richtig lebt. Sie waren doch nicht glücklich, lebten doch nicht in Liebe. Es wirkte immer

aufgesetzt, gezwungen, nie wie ein in Leichtigkeit und Freude gelebtes Leben. Freude war fast nie zu spüren. Ihr Weg war immer schwer, ein Weg der Buße, des Verzichts, des Gehorsams.

Komisch, das hält sich auch noch in unseren Tagen. Wir sind so aufgewachsen in dieser Haltung. Das Leben ist schwer, du musst dich anstrengen. Freude gibt es nur mal kurz zwischendurch, aber die musst du dir erarbeiten. Da fehlt die Leichtigkeit, das Vertrauen.

Jetzt geh ich nie mehr in die Messe, auch nicht zu Ostern oder Weihnachten. Aber die Kirchen, die Gebäude sind Kraftorte für mich. Orte der Stille, besondere Plätze, wo ich Energie aufladen kann, so empfinde ich sie jedenfalls.

Das Leben von Jesus ist sehr beeindruckend, herausragend und auch inspirierend. Was die katholische Kirche betrifft, finde ich es dringend an der Zeit, deren Haltung zu überdenken. Vieles ist nicht mehr zeitgemäß, vieles sollte neu gestaltet werden.

Hab mal von einer Kirche der Religionen gehört, das wär's doch, nicht ausgrenzen, alle sind willkommen. Daran können alle Religionen arbeiten, man könnte das, was allen gemeinsam ist, beibehalten und den Rest weglassen, das wäre ein guter Weg.

Wo stehst du?

Wohin geht's? Immer mehr zu dir selbst.

Das habe ich oft gehört, aber nie in der Tiefe verstanden. Was bedeutet dieser Satz? Schicht für Schicht, Maske für Maske, Rolle für Rolle entfernen. Spüren. Was fühlst du gerade – Unruhe, Unzufriedenheit, ein Ziehen, ein komisches Gefühl, dann versuche das in deinem Körper wahrzunehmen und auszuhalten.

Augen schließen, dieses Gefühl da sein lassen, diesen Druck, dieses Ziehen, auch wenn du noch nicht weißt, was es genau ist, liebevoll damit sein, auch wenn es nicht angenehm ist. Dies zu wissen und es immer wieder zu tun, dazwischen liegen Welten. Theorie und Praxis.

Immer schaffe ich es nicht. Das braucht Ruhe, Zeit und vor allem Hingabe – so ein Wort, dessen Bedeutung nicht sofort klar ist. Hingabe ist alles, auch das Unangenehme dasein zu lassen und anzunehmen, ohne Widerstand oder Ablehnung.

Mich selbst erforschen, Körper, Geist und Seele. Den Körper spüren, wo drückt's?

Den Geist zur Ruhe bringen – der plappert die ganze Zeit, immer gibt es irgendetwas, worum die Gedanken kreisen, er gibt nur ganz selten Ruhe. Ich habe gelernt, dieses Geplapper nicht so ernst zu nehmen. Aber ich fall noch oft darauf herein, lass mich in Angst und Panik versetzen und glaub alle Geschichten, die in meinem Kopf herumsurren wie Bienen.

Ich habe mir zum Beispiel vorgenommen, ein Buch zu schreiben und dann schwirrt in meinem Kopf: Und wenn mir nichts einfällt, das ist doch peinlich. Das berührt dann wieder mein Ego, das will natürlich gut dastehen und fühlt sich bedroht. Das auszuhalten, nicht wegzuschieben, darum geht es, das ist die Herausforderung.

Vom Leben gebeutelt werden, da fällt mir ein, was Christian, der ehemalige buddhistische Mönch, bei dem ich schon ein paar Schweigewochen gemacht habe, gemeint hat. Wenn wir meditieren, werden wir nicht mehr so geschüttelt, sind wir mehr in unserer Mitte, gelassener, mehr im Vertrauen. Wir können immer öfter spüren, dass es gut so ist, wie es ist, auch wenn es schwer ist. Das ist ein Weg, mittendurch durch den Alltagswahnsinn und den damit verbundenen Gefühlen. Trotzdem in seiner Mitte sein, das übt man durch Achtsamkeit – „mindfullness". Jeden Schritt achtsam zu tun, das heißt mit den Gedanken und seiner ganzen Aufmerksamkeit wirklich dort zu sein, was man tut und nicht immer zwei Dinge gleichzeitig machen. Im Buddhismus heißt es:

Wenn ich gehe, gehe ich, wenn ich sitze, sitze ich, wenn ich esse, esse ich und versuche, dabei nicht zu reden oder Probleme zu lösen. Wenn ich zuhöre, höre ich zu. Das finde ich wichtig zu üben in unserer Gesellschaft. Wirklich da sein, präsent sein. Und wenn ich wieder darauf vergesse, nicht böse sein mit mir, sondern liebevoll mich erinnern und einfach wieder versuchen, achtsam zu sein.

Die Seele, ja das ist das am wenigsten Greifbare. Es klingt so toll, aber was ist sie, wo ist sie?

Vielleicht ist es das in mir, das dieses Geplapper wahrnimmt und manchmal auch „Stopp" sagt. Oder wenn ich meditiere und ganz ruhig und im Moment bin, vielleicht ist sie dann für mich wahrnehmbar.

Ja, da bin ich also schon länger am Erforschen und es gibt noch nicht so viele Ergebnisse, aber Entwicklung ist da. Ich liebe dieses Wort Ent-wicklung. Also wieder Schicht für Schicht weglassen, bis der Kern offen daliegt.

Da gibt es diesen Wahnsinnstext, den Rilke in einem Brief geschrieben hat, den ich sehr liebe und der mich schon lange begleitet.

Über die Geduld

Man muss den Dingen
die eigene, stille
ungestörte Entwicklung lassen,
die tief von innen kommt
und durch nichts gedrängt
oder beschleunigt werden kann,
alles ist austragen – und
dann gebären...

Reifen wie der Baum,
der seine Säfte nicht drängt
und getrost in den Stürmen des Frühlings steht,
ohne Angst,
dass dahinter kein Sommer
kommen könnte.

Er kommt doch!

Aber er kommt nur zu den Geduldigen,
die da sind, als ob die Ewigkeit
vor ihnen läge,
so sorglos, still und weit ...

Man muss Geduld haben

*Mit dem Ungelösten im Herzen,
und versuchen, die Fragen selber lieb zu haben,
wie verschlossene Stuben,
und wie Bücher, die in einer sehr fremden Sprache
geschrieben sind.*

*Es handelt sich darum, alles zu leben.
Wenn man die Fragen lebt, lebt man vielleicht allmählich,
ohne es zu merken,
eines fremden Tages
in die Antworten hinein.*

(Rainer Maria Rilke, Viareggio bei Pisa, am 23. April 1903)

Ich musste lernen geduldig zu sein, da ich immer alles sehr schnell mache. Wenn es zu lange dauert, werde ich sehr ungeduldig.

Da gab es Erfahrungen beim Unterrichten, die wirklich sehr fordernd für mich waren. Wenn mich Schüler schnell etwas fragen, auf das ich nicht eingestellt bin, weiß ich, fällt mir die Antwort garantiert nicht ein. Da gibt es doch dieses Bild, das früher in den Köpfen der Menschen war, dass die Lehrer auf alles eine Antwort wissen oder wissen sollten. Ich finde dieses Bild veraltet und bin der Meinung, Lehrer sollten nicht allwissend sein, sie sollen vielmehr begleiten. Aber in mir war dieses Bild, auch geprägt durch die Gesellschaft noch stark da, obwohl ich immer so tat, als sei es nicht so.

Also gab es Situationen in meinem Leben, durch die mir das bewusst wurde. Im Unterricht fragten mich einmal Schüler nach ganz einfachen Dingen und ich war völlig blockiert und hilflos in diesem Moment. Mir wurde heiß und es war wie eine kleine Panikattacke. Das war wirklich fordernd für mich, das auszuhalten und auch für die Schüler war es schwierig mit so einer Situation umzugehen. Wir haben es nicht übergangen, das ging einfach nicht. Wir haben es einfach durchgestanden. Ich habe daraus gelernt, dass ich noch nicht ganz ehrlich war. Auch nicht mit mir selber. Schüler begleiten, das ist das Ziel, aber es gibt in mir auch noch diese alten Muster, die ich oft nicht einmal bemerke und wovon ich glaube, ich habe das schon alles gelöst. Es ist manchmal hart, das zu erleben, aber die einzige Möglichkeit, es anzunehmen und dann auch zu verändern. Entwicklung ist nicht immer einfach.

Den Weg verlieren

Zwei Mal in meinem Leben ist es mir passiert, dass ich meinen Weg verloren hatte. In der Pubertät oder danach, das heißt nach der Schule wusste ich nicht was ich tun sollte. Also bin ich nach Paris gegangen. Der Beginn dort war alles andere als einfach für mich. Ich fühlte mich verloren, allein und nicht verstanden. Erst nach und nach begann ich schöne Momente zu erleben und war nicht mehr so überfordert.

Jetzt mit einundfünfzig Jahren ergeht es mir ähnlich, bin gerade zu Hause im Sabbatical und es fällt mir manchmal schwer das auszuhalten. Wollte doch ein Buch schreiben, was ich ja auch mache, aber dieses tief in mich Gehen, ist nicht immer einfach. Ich dachte, ich hätte meine alten Wunden schon alle geheilt, aber dem ist offensichtlich nicht so. Muss immer wieder durch herausfordernde Prozesse durch, wo ich mir denke – nicht schon wieder, das hatte ich doch alles schon einmal. Diese Unsicherheit auszuhalten wird auch mit den Jahren nicht einfacher und ich fühl mich, wie mit neunzehn, wo ich auch nicht wusste, wohin mich mein Leben führen würde.

Damals war ich manchmal enttäuscht von meiner Familie, die mich auf meinem Weg nicht immer so unterstützen konnte, wie ich es mir gewünscht hätte. Heute kann ich auch das viele Positive sehen, das sie mir geschenkt hat und kann auch dankbar dafür sein. Das konnte ich lange Zeit nicht. Heute kann ich verstehen, dass das damals nicht anders möglich war.

Jetzt sind meine Kinder fast erwachsen und schon erwachsen. Da heißt es für mich loslassen und das ist auch nicht immer einfach. Die Zeit, als sie noch Kinder waren und wir uns sehr nahe waren, war einfach wunderschön und es macht mich traurig, dass diese Zeit vorbei ist. Diese Traurigkeit darf auch sein, ist vielleicht sogar wichtig um die Kinder gehen lassen zu können. Das ist auf alle Fälle ein ganz wichtiger Schritt, denn sonst wird es mühsam für sie. Ich darf mich auf mich konzentrieren, meine alten und frischen Wunden heilen und dazwischen das Leben feiern, denn das gibt es ja auch, es ist ja nicht immer schwer. Nur wenn du gerade durchgehst durch eine schwere Zeit, kommt es dir so vor, als gäbe es nichts anderes und als würde sie ewig dauern.

Traurigkeit

Momentan begleitet mich die Traurigkeit. Seit Wochen bin ich im Widerstand, versuche vor ihr zu flüchten, sie zu verleugnen, geh ihr aus dem Weg und rede mir ein, dass es mich nicht betrifft. Gestern hat sie mich voll erwischt und jetzt bin ich fast froh darüber, denn ich kann endlich ehrlich sein zu mir selber und sie einfach dasein lassen, keine Tragödie, nicht laut, sondern ganz ruhig. Manchmal fließen die Tränen, aber ich schluchze nicht, die fließen ganz ruhig und ich kann endlich mit der Traurigkeit in Frieden sein.

Ich wünsch mir immer Harmonie und mit meinem Partner gibt's gerade überhaupt keine, wir können einander nicht verstehen – wie der andere reagiert, agiert oder denkt.

Es funktioniert überhaupt nicht, gibt kein Miteinander. Unsere Kinder können mit uns beiden, doch zwischen uns ist eine riesige Mauer. Das macht mich unendlich traurig. Bis gestern habe ich es nicht wahrhaben wollen. Doch jetzt ist der Moment gekommen, wo ich nicht anders kann, als es zu akzeptieren.

Ich weiß nicht, wie wir das wieder hinbekommen, angeblich ist es ja eine Chance, daran zu wachsen. Das kann ich allerdings jetzt nicht sehen. Ich kann die Traurigkeit einfach nur fühlen und zulassen.

Früher habe ich in solchen Momenten immer Tom Waits, zum Beispiel „I can't fall in love with you", gehört. Der hat die traurigsten Lieder der Welt gesungen und das war Balsam für meine verletzte Seele. Vielleicht sollte ich das heute auch tun, obwohl – mir ist eher nach Ruhe zumute.

Deine Verletzlichkeit ist deine Schönheit, habe ich mal gehört. Na, dann muss ich wirklich ein besonders schöner Mensch sein, da ich nach meinem Empfinden sehr verletzlich bin und immer schon war. Ein bisschen sicherer im Umgang mit mir bin ich allerdings schon geworden im Laufe der Zeit, doch manchmal erwischt es mich noch mit voller Wucht und streckt mich zu Boden.

Es ist ein wertvoller Teil von mir, doch wenn ich mitten in einer Krise stecke, sehe ich oft das Licht am Ende des Tunnels nicht. Dann ist einfach alles nur schwarz und ich stecke fest im wahrsten Sinne des Wortes. Es gibt keine Bewegung.

Ich weiß schon, dass das vorübergeht. Wie heißt es im Buddhismus: Auch das wird vorübergehen – und im Idealfall lerne ich sehr viel daraus und es macht mich stärker. Aber so weit bin ich momentan noch nicht, bin noch im Loch.

O. k. dann richte ich mich mal in meinem Loch ein, weiß ja nicht wie lange ich da bleibe.

Rumi meint dazu: *„Die Wunde ist die Stelle, an der das Licht durchscheint."*

So weit bin ich noch nicht, versteh den tieferen Sinn hinter dem Ganzen noch nicht, kann nur vertrauen, dass es ihn gibt und dass es mir gelingen wird, ihn zu erkennen.

Wunden aus der Kindheit heilen

Das hört sich immer so klar an, wenn jemand erzählt, er habe dies oder jenes aus seiner Kindheit geheilt. Und doch ist es so schwer, überhaupt an den Punkt zu kommen, an dem dies möglich ist. Es sind ja ganz dicke, hohe Mauern drum herum gebaut worden und außerdem ist es irgendwo ganz tief vergraben, wo keiner danach suchen würde. Trotz alledem gibt es diese Heilungen. Es braucht allerdings einen Leidensdruck vorher, damit man überhaupt bereit ist, hinter die Mauern zu schauen und man anfängt, zu graben.

Dieser Leidensdruck ist schmerzhaft, mühsam, unerwünscht und doch notwendig, nötig um die Not zu wenden, das heißt aus der Not auszusteigen. Und das Schwierige daran ist: man ist sich nicht bewusst, dass man eine konkrete Not hat, das heißt, ein Problem ist schon zuviel gesagt. Es ist einfach etwas, das nicht heil ist in uns und uns Energie kostet, es wegzudrängen und das alles ist uns überhaupt nicht klar.

Hat man den Prozess durchgestanden und das Trauma aufgelöst, fühlt man sich viel freier, kann mehr in Freude leben, zufriedener, einfach glücklicher. Aber es ist unendlich schwer, den Weg zu gehen, an den Punkt zu kommen, an dem es überhaupt erst möglich ist, etwas zu erkennen. Es ist natürlich viel Widerstand da, da es sehr mühsam ist. Trotzdem lohnt es sich, aber das weiß man immer erst danach.

Meine beste Freundin Paula hat mir ihre Geschichte erzählt:
Bei mir war eines meiner Traumata – und ich habe einige – dass ich als kleines Mädchen mit vier oder fünf Jahren große Angst hatte, dass meine Mama uns verlassen würde. Meine Eltern hatten Schwierigkeiten in ihrer Ehe und meine Mama ging, wenn es ihr überhaupt nicht gut ging, in den Wald spazieren. Das habe ich von ihr übernommen, das ist auch einer meiner Lösungsansätze. Jedenfalls hatte ich damals den Streit meiner Eltern mitbekommen und meine Mama ging danach weinend davon. Ich hatte furchtbare Angst, dass sie nicht mehr zurückkommen würde. Sie ist immer wieder zurückgekehrt, aber die Angst war in mir.

In meiner Beziehung musste mir mein Partner immer wieder spiegeln, dass es da diese Angst in mir gibt. Das war überhaupt nicht lustig und ich war manches Mal ziemlich verletzt. Jetzt erst habe ich begriffen, dass nicht er das Problem war, sondern, dass ich diese Wunde in mir trug und ich sie nur entdecken konnte, wenn er mich in so eine Situation brachte, die mich an mein altes, nicht gelöstes Trauma erinnerte. Ich musste meinen Eltern und mir selber vergeben, um dieses Thema endlich zu lösen. Es war ein langer Weg, ich weiß nicht, ob er zu Ende ist oder ob immer wieder neue Dinge hochkommen und gelöst werden wollen.

Manchmal bin ich müde, da es nie zu Ende zu sein scheint und es so schwierig ist, aus diesen alten Traumata rauszukommen, aber es schaut nur so aus als wäre es eine „Never ending Story". Vielleicht ist das das Leben. Was mir auch schwerfällt zu akzeptieren ist, dass ich weiß, auch ich habe in meinen Kindern solche Traumata erzeugt. Das macht mich unendlich traurig und lange Zeit hatte ich auch Schuldgefühle. Ich wollte es nicht, aber meine alten Verletzungen, meine Unbewusstheit führten dazu.

Zum Beispiel hatte ich eine Zeit lang das Gefühl, alles richtig machen zu müssen bei meinem Sohn. So richtig nach dem alten Schema. Das ist falsch, du bist schuld, streng dich an und so weiter. Diese alten Muster, die uns alle so treu begleiten. Meine Tochter, die die jüngere ist, hat als kleines Mädchen bei Streitigkeiten immer Klavier gespielt, um uns etwas Gutes zu tun und uns zu trösten. Sie war damals circa fünf Jahre alt. Es tut mir furchtbar leid, wenn ich an diese Momente denke. Ich kann sie nicht mehr ungeschehen machen, aber ich habe begriffen, dass es anders gehen muss.

Auch hier musste ich mir selber vergeben, in dieser Situation war ich die Täterin, als Kind das Opfer. Ich denke, wir sind beides. Mal Täter, mal Opfer. Wichtig ist es, zu erkennen, die Mauern niederzureißen – auch wenn es noch so mühsam und schmerzhaft ist – es lohnt sich, denn verletzte Menschen verletzen Menschen und nur durch Erkennen können wir heilen und sind nicht mehr verletzt und verletzen hoffentlich nicht mehr. Denn das, was die ganze Geschichte so schwierig macht, ist, dass wir es nicht glauben, es ist ja außerhalb unseres Bewusstseins.

Ich wollte doch immer die Welt verbessern, vielleicht geht es so ein kleines Stück, sich selbst heilen und dadurch die Welt heilen. Innen wie außen heißt es im Buddhismus, im Kleinen wie im Großen.

Dieser Text von Pema Chödrön berührt mich sehr:

Es gibt diese Stellen, die schmerzen ...
Ich meine nicht die körperlichen Stellen.
Es gibt diese Stellen in unserer Seele, die empfindlich sind
wie der blank liegende Nerv eines Zahns.
Und nichts auf dieser Welt fürchten wir so sehr,
wie den blitzartigen Schmerz, der uns droht,
wenn diese Stellen unserer Seele unsanft berührt werden.

Jeder Mensch hat sie: Diese verletzlichen Bereiche der Seele!
Und viele Menschen würden fast alles tun,
um diese Bereiche zu schützen, tief zu vergraben und
sie für immer unter Verschluss zu halten ...
um nie den schmerzhaften Blitz zu spüren,
der sie durchfährt, wenn jemand diese Stelle berührt.
Du stehst nackt da, ausgeliefert, verletzlich!
Ein «Nein», eine Ablehnung, ein Auslachen,
Abscheu... und der gefürchtete Blitz schlägt ein!
Aber ein «Ja», verstanden werden, angenommen werden ...
und du erlebst eine unglaubliche Tiefe des Lebens,
die jede Zelle deines Körpers erfüllt.
Denn die verletzlichsten Stellen deiner Seele sind
ebenfalls die Stellen, über die du für die schönsten und
tiefsten Gefühle empfänglich bist.
Lieber den Schmerz verhindern als die Fülle erfahren?
Aber meistens überwiegt die Angst vor der schmerzlichen Erfahrung ...
Die Angst, wir würden zu stark verletzt und die Gefühle,
die dabei entstehen, wären unerträglich.
Lieber den Schmerz verhindern als die Fülle erfahren?
Aber meistens überwiegt die Angst vor der schmerzlichen Erfahrung ...
Die Angst, wir würden zu stark verletzt und die Gefühle,
die dabei entstehen, wären unerträglich.

*Aus dieser Angst bauen wir Mauern um unser Herz, ziehen
Barrikaden hoch, vermeiden Situationen und versuchen so
sicherzustellen, dass diese empfindlichen Stellen unberührt bleiben.
Wir machen uns selbst möglichst unverletzlich.
Und schließen so nicht nur den Schmerz aus ... sondern
auch die Tiefe, die Fülle, die Liebe, das Leben!
Ohne Verletzlichkeit keine Liebe?
Doch das menschliche Wesen ist verletzlich ... das liegt
in deiner Natur. Schmerzhafte Erfahrungen zu verhindern ist nur
möglich, wenn du dein Herz auch für die Tiefe und die Liebe schließt!*

*Und ein Leben ohne Liebe ...
ein Leben mit geschlossenem Herzen ist die vielleicht
die schmerzhafteste Erfahrung, die du machen kannst.*[2]

Ich denke, es gibt niemanden, der keine Verletzungen in der Kindheit erfährt. Obwohl man das Beste will, kann man es nicht vermeiden, Situationen zu erzeugen, die schmerzhaft sind. Doch das Gute daran ist, dahinter verbirgt sich eine große Chance, die, daran zu wachsen. Das ist nicht einfach, aber es ist alle Anstrengung wert.

Danke, Merci, Grazie

„Dankbarkeit ist Wein für die Seele, komm, betrinke Dich!"
Rumi

Seit meinem fünfundzwanzigsten Lebensjahr unterrichte ich jetzt schon, da sind schon einige Jahre zusammengekommen.

Ich bin ja dieses Jahr nicht an der Schule, daher möchte ich die Gelegenheit nutzen, einmal ehrlich „danke" zu sagen.

Danke für den Job, der mir im Umgang mit Menschen viel Freude und Wachstum beschert hat.

Danke für die Sicherheit und Unabhängigkeit, die ich durch das monatliche Gehalt erleben darf.

Danke für mein Wachstum, ich habe so viel gelernt, nicht nur an Buchwissen, sondern auch an Erfahrungswissen, das so unendlich viel wertvoller ist. Ich habe erfahren dürfen, was es heißt, zusammenzuarbeiten und nicht gegeneinander zu arbeiten, tolerant zu sein; ich habe erfahren, wie wichtig es ist, in manchen Situationen unterstützt zu werden und auch andere zu unterstützen. Ich habe gelernt, Grenzen zu setzen, was ganz wichtig für mich war. Das konnte ich lange Zeit gar nicht und ich habe auch gelernt, wie es sich anfühlt, wenn man Grenzen erfährt.

Danke meinen Kollegen und Kolleginnen, die mir gezeigt haben, wie sich Geborgenheit, Wärme, Sympathie oder Anderssein am Arbeitsplatz anfühlen. Ich habe auch erfahren, wie sich Gemeinsamkeit und Getrenntsein anfühlen.

Ich durfte lernen, auf mich zu schauen, nicht übergangen zu werden, respektiert zu werden – nicht laut, sondern auf meine eigene Art und Weise, sanft, aber doch entschlossen.

Danke für ein Lächeln, ein ehrliches Gespräch, ein ausgelassenes Lachen, *danke* für alles, was ich an Tiefe erfahren durfte, denn das ist das Leben, mein Leben.

Am meisten habe ich von meinen Schülern und Schülerinnen lernen dürfen – vielen *Dank* dafür! Junge Menschen sind mir sehr wichtig. Die denken noch nicht so in Schubladen, sind noch offen für Neues, sind kreativ, haben coole Ideen, sind schonungslos ehrlich, manchmal liebevoll, manchmal beinhart und es ist nie langweilig mit ihnen. Wir hatten immer viel Spaß.

Vielen Dank auch dafür, dass es manchmal gelang, jungen Menschen zu zeigen, was in ihnen steckt, wie wertvoll sie sind, wie sie gut mit sich umgehen können. Sie begleiten zu dürfen ist ein Geschenk, wenn man sich darauf einlässt.

Vor fünf Jahren hätte ich mich noch nicht getraut, ein Buch zu schreiben, jetzt beginne ich, den Moment zu leben im „Hier und Jetzt" ohne zuviel Vergangenheit oder zuviel Zukunft.

Mitgefühl, nicht Mitleid

Lange Zeit ging es mir sehr schlecht, wenn ich Schülern eine schlechte Note geben, ja manchmal sie sogar durchfallen lassen musste. Ich fühlte all die Gefühle, die die Schüler durchlebten, wie meine eigenen, hatte tagelang Bauchweh, konnte einfach keine gesunden Grenzen setzen.

Ich hatte einmal eine Schülerin, deren Vater sich umgebracht hatte. Die Schülerin konnte sich im Französischunterricht ganz schlecht konzentrieren, was ja klar war. Natürlich kam es dann dazu, dass sie das Jahr nicht positiv abschließen konnte und sie im Herbst zu einer Wiederholungsprüfung antreten musste.

Den ganzen Sommer über lag diese Situation wie ein Stein in meinem Bauch. Ich dachte daran, wie schlimm das nicht ohnehin schon für die Schülerin war und jetzt komm ich und hau nochmal drauf, indem ich sie nicht aufsteigen ließ. Also das war ein echtes Problem für mich.

Ich machte des Öfteren eine Schweigewoche in einem buddhistischen Zentrum und kam jedes Mal mit einer großen und vielen kleinen Erkenntnissen über mich zurück. Dieses Jahr besprach ich die Situation mit Christian, dem ehemaligen Mönch. Er meinte, es gibt einen großen Unterschied zwischen Mitgefühl und Mitleid. Mitleid hilft weder dir selber noch deinem Gegenüber. Mitgefühl hingegen ist sehr wichtig, du bleibst aber dabei bei dir und übernimmst nichts für andere, was ja weder für dich noch für den anderen gesund ist.

Wirklich verstanden habe ich das Problem in seiner ganzen Tiefe durch Paul. Paul war einer von vier coolen Schülern, die gemeinsam in einer Klasse saßen. Wir sind eine Schule, wo nicht so viele Burschen sind, deswegen ist es immer besonders, wenn es welche in einer Klasse gibt, vor allem solche Persönlichkeiten, wie diese vier. Jeder für sich eine Herausforderung. Jedenfalls sind mir diese vier ans Herz gewachsen und wir sind durch Höhen und Tiefen gemeinsam gegangen.

Paul musste die vierte Klasse wiederholen und kämpfte sich zum zweiten Mal durch. Es zeichnete sich ab, dass er das Schuljahr in Französisch nicht ohne zusätzliche Anstrengung schaffen konnte, obwohl er ein intelligenter Bursche war, was er auch wusste. Aber er war überzeugt davon, dass er das schon hinbekomme. Ich sprach ihn ein paarmal auf die Situation an und er versicherte mir, dass das kein Problem sei und er alles unter Kontrolle habe. Also kam es zu einer Wunschprüfung und er brachte einfach gar nichts auf die Reihe.

Ich konnte es nicht glauben, dass er nun die vierte Klasse zum zweiten Mal nicht positiv geschafft hatte und reagierte nach meinem alten Muster, war fix und fertig. Am nächsten Morgen begegnete mir Paul auf dem Gang und grüßte mich gut gelaunt. Da konnte ich endlich erkennen, dass Mitleid nicht gut ist und zwar für niemanden. Vielleicht, oder ganz sicher sogar, musste Paul diese Situation erleben und es war wichtig für ihn, da durchzugehen. Für mich war es heilsam und erkenntnisreich, habe ich doch schlussendlich nach über zwanzig Jahren Unterrichten verstanden, dass solche vermeintlich schlimmen Situationen notwendig sind und wichtig – man kann daran wachsen. Und wenn man jemandem etwas ersparen will, dann hilft man ihm in Wirklichkeit nicht weiter, sondern beraubt ihn von möglichen wichtigen Erfahrungen.

Es ist definitiv wichtig, mit allem im Leben Frieden zu schließen, mit allen Situationen, Menschen, Umständen und Herausforderungen. Ich habe früher die Welt als sehr ungerecht begriffen, vor allem bei Kindern und Jugendlichen, die einen wachsen sehr behütet und geliebt auf und die anderen müssen von Beginn an kämpfen. Das hat mich immer in Widerstand versetzt, doch ich habe lernen müssen, dass Widerstand nichts bringt, es verstärkt nur die Situation. Man sollte sich immer auf die Lösung fokussieren, nicht auf das Problem. Das bedeutet aber, das Problem zuerst dasein lassen, aufhören damit, es nicht haben zu wollen. Akzeptieren, dass es da ist– aus gutem Grund – und dann schauen, eine Lösung zu finden.

Geburt und Tod

Die beiden sind die besten Lehrmeister, die es gibt im Leben. Die Geburten meiner beiden Kinder waren sehr bewegende Momente. Bei meinem Sohn, dem Erstgeborenen, war ich noch etwas naiv, ich dachte mein Körper macht das schon, es werden doch täglich Tausende Kinder auf der Welt geboren und nicht alle in Kliniken in Mitteleuropa. Also bereitete ich mich nicht großartig darauf vor, das heißt, ich machte den üblichen Geburtsvorbereitungskurs und ich dachte, das passt schon.

Meine Freundinnen, die auch Kinder bekommen hatten, wollten mir nicht im Detail erzählen, wie es war und auch meine Mutter packte nicht wirklich aus. Dann, als es so weit war, war ich doch etwas überfordert.

Es begann mit einem Blasensprung, ganz normal und ich wurde ins Krankenhaus gebracht. Man fragte mich, wie ich die Geburt erleben wolle und ich meinte in der Badewanne. Da war ich immer schön entspannt.

Also begann die Hebamme, das Badewasser einzulassen und ich legte mich hinein. Mein Partner, der auch dabei war, war besorgt um mich und wollte mich unterstützen. Nach zwei Stunden in der Wanne, wo sich nichts verändert hatte, wollte ich wieder raus. Da war ich das erste Mal ein bisschen skeptisch, denn ich dachte es sei nach dem Bad vorbei. Es zog sich allerdings in die Länge und schlussendlich brauchte mein Sohn siebzehn Stunden, bis er endlich das Licht der Welt erblickte.

Letztendlich ging es ihm nicht mehr gut und mir auch nicht. Der Arzt musste sich auf meinen Bauch schmeißen – so kam es mir vor– und ihn rausdrücken. Er war ganz blau im Gesicht. Die Schwestern trugen ihn sofort weg.

Also so hatte ich mir das nicht vorgestellt. Wollte ich doch mein Baby gleich auf meinem Bauch spüren. So ein brutaler Start ins Leben. Trotz Kreuzstich konnte ich mit den Schmerzen überhaupt nicht umgehen und es war wirklich schlimm.

Ich brauchte drei Jahre, bis ich mir vorstellen konnte, so etwas noch einmal erleben zu wollen. Bei meiner Tochter war alles ganz anders. Ich wusste, was auf mich zukam und unterzog mich während der Schwangerschaft Akkupunktur-Sitzungen. Dabei spürte ich vor der Geburt schon die Schmerzpunkte und war in der konkreten Situation dann nicht so hilflos.

Außerdem spielt sich vieles im Kopf ab, diesmal wusste ich schon viel besser, was auf mich zukommt und was mir gut tut. Ich konnte mich viel besser auf mich konzentrieren. Mein Partner und die Hebamme waren mir diesmal völlig egal. Es ging alles superschnell und ohne Probleme. Die Schmerzen waren auch diesmal heftig, aber dadurch, dass es nicht lange dauerte, konnte ich damit umgehen.

Ich konnte die Erfahrung der ersten Geburt durch die zweite ausgleichen. Auch danach war es völlig anders. Meine Tochter wurde mir nackt auf den Bauch gelegt und wir konnten uns langsam aneinander gewöhnen. Die Geburt war jedesmal ein Wunder für mich. Ein kleines Menschenwesen kommt auf die Erde.

Mit dem Ende des Lebens, finde ich, sollte man sich auch auseinandersetzen. Da hat man definitiv nur einen Versuch. Also sollte man sich dem Thema, der eigenen Endlichkeit stellen und sein Leben danach ausrichten. Man nimmt sich dann vielleicht ernster und macht wirklich Dinge, die man sich sonst nicht zutrauen würde. Man beginnt, sich selber wichtig zu nehmen und setzt nicht –wie so oft als Frau – die Familie an die erste Stelle und fühlt sich dann als Opfer, wenn die Kinder ihren eigenen Weg gehen. Familie ist auch wichtig, aber zuerst musst du dich selber ernst nehmen. Das Muster der Frau, die sich aufopfert für Ehemann und Kinder, ist kein zeitgemäßer Weg mehr.

Ich weiß nicht mehr, wer es gesagt hat, aber diese Aussage, am Ende des Lebens zählt nur, wieviel Liebe in deinem Leben war, finde ich sehr schön. Und damit ist nicht die romantische Liebe gemeint.

Das finde ich als Ziel anstrebenswert. Liebevoll zu sein, zu sich selbst und zur Umwelt, zu allem, was uns begegnet, das ist doch ein cooles Lebensziel. Dann sind viele Dinge einfach überflüssig, wie Jugendwahn, Konsumsucht mit Kleidern, Reisen, Essen, Spaß oder was auch immer.

Die Endlichkeit lässt uns ins Handeln kommen und nachdenken, was uns wirklich wichtig ist und was auch nach uns noch von uns bestehen sollte.

Und wenn man ein erfülltes Leben lebt, das macht, was man selber wirklich will und nicht die Familie, Gesellschaft oder sonst wer, dann ist das Ende nicht so schlimm – denke ich – man kann leichter loslassen, wenn man ein selbstbestimmtes Leben geführt hat.

Heiraten und die eigenen Schüler prüfen

Das ist ein Thema, das ich mit all meinen Schülern in der Abschlussklasse bespreche. Ich liebe es, sie dazu zu bringen, selber über etwas nachzudenken, wie sie zu etwas stehen, zu einem Thema, das sie betrifft, das sie interessiert. So lernen sie sich in der Gruppe besser kennen und wertschätzen und wir alle bekommen einen weiteren Horizont. Auch ich finde es megainteressant, wie sich die jungen Leute ein Zusammenleben vorstellen und was sie darüber denken.

Und bei diesem Thema öffnen sich eigentlich immer alle. Was dann entsteht, ist großartig und wenn ein Unterricht so stattfinden kann ist er für alle bereichernd, ohne Druck, auf Augenhöhe, einfach großartig.

Es gibt noch immer viele, zumeist sind es Mädchen, die unbedingt heiraten wollen, ganz in Weiß, so richtig wie eine Prinzessin. Aber auch andere, die meinen, ganz sicher nicht und dann gibt es noch diejenigen, die es noch nicht wissen.

Egal, ob sie heiraten wollen, oder nicht, sie beschreiben ihre Situation, ihre Prägung durch die Familie und schlussendlich ihre Träume und trauen sich in der Schule, ohne Angst vor Bewertungen, Persönliches zu erzählen. Ansonsten ist ja die Schule sehr von Bewertungen geprägt auch von der Angst, etwas falsch zu machen, etwas nicht zu können. Ich habe mich schon oft gefragt, ob das der richtige Weg ist und bin definitiv zu dem Schluss gekommen, er ist es nicht.

Prüfungen sollten nicht vom eigenen Lehrer durchgeführt werden. Der Lehrer sollte begleiten, stärken, coachen – aber das passt mit hinterher prüfen nicht zusammen. Das sollte dringend verändert werden.

Mit sich im Einklang sein

Es ist sehr wichtig, mit dir zu sein und nicht gegen dich. Ganz oft schimpfen wir mit uns, wenn Situationen nicht so sind, wie wir uns das wünschen. Jetzt hast du das schon wieder verbockt, ich bin doch zu blöd dafür, eh klar, dass du das nicht schaffst. So reden ganz viele Menschen mit sich selber und ich habe das auch lange Zeit so gemacht.

Erst mit der Achtsamkeitspraxis habe ich bemerkt, wie ich mit mir spreche. Vorher war das ganz normal und logisch für mich. Und als ich es bemerkt hatte, konnte ich beginnen, anders mit mir umzugehen. Wenn ich jetzt in schwierige Situationen komme und mich behaupten muss, rede ich mir gut zu, baue mich liebevoll auf und falls etwas einmal nicht so gut läuft, tröste ich mich, anstatt mit mir zu schimpfen.

Wenn ich zu mir selber liebevoll bin, kann ich auch zu den anderen liebevoll sein und der ewige Kampf findet ein Ende. Es ist nicht so, dass es in meinem Leben keine Schwierigkeiten mehr geben würde, es gibt sie immer noch. Aber ich muss nicht mehr so hart mit mir sein, mir die Schuld geben, ich kann mich trösten und das ist ein völlig anderer Zugang.

Wenn wir in einer liebevolleren Welt leben wollen, müssen wir beginnen mit uns selbst liebevoll zu sein. Es gibt Menschen, die sind das schon, aber viele werden durch unsere Gesellschaft, Kultur, Schule immer noch sehr in Richtung Konkurrenzkampf getrieben. Wenn man in der Konkurrenz, im Vergleich ist, kann man schwer im Frieden sein.

Meditation

Seit meinem ersten Schweigeretreat ist Meditation ein wichtiger Teil meines Lebens geworden. Ich kann meine Gedanken einfach ziehen lassen und kann leichter Ruhe finden und in Frieden sein mit dem, was ist. Immer gelingt mir das auch nicht, aber durch die Übung wird es leichter.

Zuerst atme ich tief, um wirklich meinen Körper zu spüren und dort anzukommen, wo ich bin. Meistens sind wir zu sehr im Kopf und von unseren Gedanken bestimmt. Dann versuche ich einfach, mit meiner ganzen Aufmerksamkeit meinem Atem zu folgen. Egal, ob ich das langweilig finde oder körperlich Schmerzen fühle, ich bleibe bei meinem Atem. Dann werde ich in der Regel ruhig und manchmal komme ich in einen Zustand des Friedens, wo ich einfach nur bin, ohne Gedanken. Wenn Ängste oder andere Gefühle da sind, versuche ich sie zu fühlen und nicht wegzudrängen.

Das ist alles. In einer Gruppe gelingt einem der Einstieg leichter. Allein zu Hause ist es schwieriger. Für mich ist Meditation mittlerweile nicht mehr aus meinem Leben wegzudenken. Wenn ich schwierige Situationen durchlebe, dann hilft mir die Meditation enorm, Lösungen zu finden, ruhig zu bleiben, zunächst alles zu akzeptieren, bis ich es verändern kann.

Lockdown in der Coronazeit

"Love-Virus"
Denken, fühlen, lieben

*"Wer die Freiheit aufgibt, um Sicherheit zu gewinnen,
der wird am Ende beides verlieren."
(Benjamin Franklin)*

Damit gehe ich in Resonanz, dazu sagt mein Herz: „Ja, genau so ist es." Freiheit aufgeben, das ist undenkbar, nicht in meinem Horizont. Ist doch Freiheit ein so wichtiger Wert, kommt gleich nach Liebe.

Und dennoch gibt es noch eine andere Seite in mir. Diese ist dankbar für die Entschleunigung. Aber immer erst im Nachhinein, dann, wenn ich gewisse Prozesse verstanden habe. Wenn ich noch mittendrin bin, kämpfe ich gegen den Sog nach unten und erst danach ist es gut. Das braucht Zeit. Zeit zum Denken, zum Nachdenken, Vordenken, Umdenken, aber auch Zeit zum Fühlen, Nachfühlen, Durchfühlen, ganz tief fühlen, das, was ich normalerweise vermeide zu fühlen. Da kommt immer wieder etwas Neues an die Oberfläche – aus irgendwelchen Untiefen taucht etwas aus dem Unterbewussten auf. Es da sein lassen, ja sogar willkommen heißen, es liebevoll zu versorgen, das ist die Kunst, die es gilt zu lernen. Das ist herausfordernd, das tut weh! Aber es ist auch Wachstum, danach bin ich größer, nicht körperlich, aber stärker an Präsenz, an Persönlichkeit.

Und dann gibt es noch euch, ihr fehlt mir, alle, ich vermisse euch. Alle eure Eigenheiten, Macken, Besonderheiten, die mich in normalen Zeiten aufregen, ja manchmal sogar stören. Also was nehme ich mit aus dieser besonderen Zeit?

Freiheit ist wichtig, um mich zu entfalten.

Ruhe ist wichtig, um mich zu erkennen.

Menschen sind wichtig, um zu lieben, auch mich selbst.

Danke Corona, „Love-Virus", das hätte ich ohne dich nicht verstanden. Man muss dich als weisheitsfördernd, aber auch als fordernd annehmen. Andernfalls kann man dich nicht ertragen.

Unsicherheit aushalten

Wir leben unser Leben zwischen Geburt und Tod und ein wichtiges Grundbedürfnis von uns Menschen ist das Gefühl von Sicherheit. Leider kann es diese nie wirklich geben auf der Erde. Wir wissen nicht, wann unser Leben enden wird. Es kann immer und mit jedem Moment zu Ende gehen.

Es ist eine Kunst, mit dieser Unsicherheit gut umzugehen. Ich habe mir schon oft gedacht, wenn es sowieso nicht sicher ist, kann ich auch Risiken eingehen, muss nicht immer im vermeintlich sicheren Hafen bleiben. Manchmal hat es mein Leben vereinfacht, manchmal verkompliziert. Man kann kein pauschales Urteil darüber bilden, was richtig ist und was nicht.

Dieses Gefühl, dass sich momentan sehr verstärkt zeigt in unserer Welt, ist nicht immer einfach auszuhalten. Am liebsten würden wir es nicht fühlen und uns, so wie in den letzten Jahren, durch Konsum oder Spaß ablenken.

In meinen Retreats war eines der essentiellsten Dinge, die ich gelernt habe, die Situation anzunehmen und die dazugehörigen Gefühle auszuhalten. Also versuche ich auch jetzt, die Situation anzunehmen und die Unsicherheit auszuhalten. Es gelingt mal besser, mal schlechter und es gibt auch Tage, wo ich ganz schwer damit umgehen kann.

Was es braucht, Unsicherheit auszuhalten, ist Vertrauen, sich dem Fluss des Lebens hingeben. Das klingt wunderschön und ich bin überzeugt, dass das der richtige Weg ist. Nur manchmal zieht es einen in die Tiefe, man kommt in einen Strudel, schluckt Wasser. Man weiß nicht immer, wie die Flussrichtung ist, man merkt nicht immer sofort, wenn man in die Gegenrichtung schwimmt. Es kommen Stellen, wo es ruhiger ist und die Strömung langsamer und dann wieder reißt es einen mit.

Wir sind dem Leben und seinen Situationen ausgeliefert und auch wieder nicht. Wir haben auch die Entscheidungsfreiheit, selber zu bestimmen, wie wir mit ihnen umgehen. Wenn ich an Corona denke, dann bin ich ausgeliefert, wenn ich mich an bestimmte Vorgaben, wie Mund-Nasenschutz tragen, halten muss, kann aber selber bestimmen, ob ich wütend bin oder es gelassen nehme. Dieses selber Bestimmen hängt davon ab, wie gut es mir geht, wenn ich auf mich schaue, nicht zu viel Stress oder Sorgen habe, dann werde ich relativ gelassen sein. Wenn gerade viel los ist in meinem Leben, wird es schon schwieriger.

Also ist ein wichtiger Punkt auf sich zu schauen, gut mit sich selber umzugehen, in die Natur zu gehen. Für mich ist die Natur sehr tröstend. Wenn ich in schwierigen Phasen stecke, dann gehe ich oft auf eine Wiese, in den Wald oder auf einen Berg. Die Verbindung von gehen und Natur hilft mir immer, ich werde ruhiger und kann eher Lösungen finden. Ich empfinde es als sehr tröstend, wenn ich in einer Wiese liege oder an einem Fluss sitze, den Wind im Gesicht spüre und den Vögeln lausche. Das Geräusch der Strömung nimmt auch einen Teil der Schwere, der Last, die ich gerade tragen muss. Auch das Betrachten einer Blume kann sehr heilsam sein, wenn man es in meditativer Haltung macht. Man sieht die Schönheit der Welt und das hat etwas Tröstliches, wenn auch vielleicht die Lebenssituation sehr schwierig ist.

Was noch hilft, ist mit Abstand auf die Situation zu schauen. Ich stell mir manchmal vor, ich sitze in einem Heißluftballon und schaue mir von oben zu. Was tut sich gerade? Das ist auch heilsam.

Loslassen

Auch die eigenen Kinder loslassen, das heißt, sich nicht mehr einmischen in deren Leben, das ist eine Kunst. Ich dachte immer das ist nicht schwer, da ich selbst eine Mama habe, die nicht so gut loslassen konnte und ich die Sicht des Kindes, das losgelassen werden will, sehr gut kenne und nachvollziehen kann.

Aber oft ist das Anhaften sehr subtil und auch mit Liebe und Fürsorge vermischt, wenn es um unsere Kinder geht. Also sobald das eigene Kind Erfahrungen macht, die schwierig sind und es durch eine Krise hindurch muss, dann ist es nicht immer einfach, zu erkennen, was Fürsorge ist und was schon ein Übergriff ist.

Ich habe als junge erwachsene Frau sehr vieles als Übergriff, als Einmischung empfunden – auf der anderen Seite hätte ich mir mehr Unterstützung auf meinem Weg gewünscht. Es ist nicht immer leicht, das richtige Maß zu finden. Wie so oft im Leben kommt es auf die Nuancen an, es ist eine Gratwanderung und die Grenze muss immer wieder neu bestimmt werden.

Jetzt erst verstehe ich meine eigene Mutter, dass sie Probleme hatte damit. Solange es den Kindern gut geht, glaube ich, ist es nicht so schwierig; aber sobald sie schwierige Situationen aushalten müssen, haben die Eltern einen natürlichen Instinkt, ihnen beizustehen und sie zu unterstützen.

Aber dennoch ist es wichtig, die Kinder als Jugendliche ihren Weg gehen zu lassen und sie auch schmerzliche Erfahrungen machen zu lassen. Es ist schwierig und doch so wichtig, einfach da zu sein, die Kinder durch das Annehmen der Situation und der Gefühle, zu unterstützen.

Da muss ich definitiv noch daran arbeiten, denn es zieht mich immer ziemlich runter, wenn es jemandem aus meiner Familie nicht gut geht. Da wären wir wieder beim Mitleid und beim Mitgefühl. Da schließt sich der Kreis, und es mental zu verstehen, ist nicht das Problem, das geht relativ einfach. Schwierig wird es, mit den eigenen Gefühlen umzugehen. Sie auf der einen Seite akzeptieren, so wie sie sind und auf der anderen langfristig daran zu arbeiten, nicht mehr mitzuleiden.

Mein Sohn hat mich in dieser Hinsicht schon sehr viel gelehrt. Da wir uns sehr ähnlich sind und uns sehr nahestehen, fühl ich seinen Schmerz, vielleicht sogar noch intensiver als meinen eigenen. Da musste ich schon öfter in mich gehen und wirklich reflektieren, wessen Schmerz es eigentlich ist und auch verstehen, dass es übergriffig ist, ihn seine Erfahrungen nicht machen zu lassen, weil ich ihn vor Schmerzen beschützen will. Es ist wichtig für ihn diese Gefühle zu erfahren. Trotzdem ist es immer wieder eine Herausforderung für mich. Wenn so eine Situation kommt, vergesse ich oft das, was ich schon darüber gelernt habe und falle zunächst immer wieder in die alten Muster, dann irgendwann fällt mir der Weg aus der Krise wieder ein und ich kann ihn gehen. Aber einfach ist es nicht.

Hier ist ein wunderschöner mexikanischer Nahuatl-Segen, geschrieben im 7. Jahrhundert.

*Ich befreie meine Eltern von dem Gefühl,
dass sie mit mir versagt haben.*

*Ich befreie meine Kinder von der Notwendigkeit,
mich stolz machen zu müssen.*

*Mögen sie ihre eigenen Wege nach Herzenslust gehen.
Mögen sie ihren Instinkten folgen und so ihre Träume verwirklichen.*

*Ich entbinde meinen Partner von der Verpflichtung,
mich zu vervollständigen.
Mir fehlt nichts, ich lerne die ganze Zeit mit allen Wesen.*

*Ich danke meinen Großeltern und meinen Vorfahren,
die zusammengekommen sind,
damit ich heute das Leben atmen kann.*

*Ich befreie sie von früheren Versagen und unvollendeten Wünschen,
wissend, dass sie ihr Bestes getan haben,
um ihre Lebensumstände in bester Art und Weise zu akzeptieren,
wie es ihnen möglich war.*

Ich ehre sie, liebe sie und erkenne sie an als frei von aller Schuld.

*Ich ziehe meine Seele vor ihren Augen aus, deshalb wissen sie,
dass ich nichts mehr verstecke oder schulde,
als mir selbst und meiner eigenen Existenz treu zu sein,
indem ich der Weisheit meines Herzens folge.*

Ich erfülle meinen Lebensplan frei von familiärer Loyalität.

*Ich weiß, dass mein Friede und mein Glück
in meiner eigenen Verantwortung liegen.*

*Ich verzichte auf die Rolle des Retters – derjenige zu sein,
der die Erwartungen anderer vereint oder erfüllt.*

*Indem ich durch und nur durch Liebe lerne,
ehre ich meine Essenz und segne mein Wesen und meine
Ausdrucksweise, auch wenn man mich vielleicht nicht versteht.*

*Ich verstehe mich, weil nur ich meine Geschichte gelebt
und erlebt habe.*

*Weil ich mich selbst kenne, weiß ich, wer ich bin,
was ich fühle, was ich tue und warum ich es tue.*

*Ich ehre mich, ich liebe mich
und erkenne mich als frei von Schuld an.*

*Ich ehre dich, ich liebe dich
und erkenne dich als frei von Schuld an.*

Ich ehre die Göttlichkeit in mir und in dir.

Wir sind frei ...

Wahre Schönheit

Dieses Thema habe ich mit meinen Schülern besprochen und es war unglaublich bereichernd für mich, zu hören, was sie darüber denken.

Wahre Schönheit ist auf jeden Fall mehr als nur Äußerlichkeiten, wie lange Haare oder lange Beine. Ein Strahlen, das von Innen kommt, ist wunderschön. Ein offenes Lachen ebenso. Oder Mut, ein mutiger Mensch strahlt auch etwas ganz Besonderes aus, eine gewisse Überzeugung, Kraft und Entschlossenheit. Schönheit ist auch fast immer mit Natürlichkeit verbunden. Alles, was zu künstlich wirkt, dem fehlt es an Präsenz. Auch Verletzlichkeit, Zartheit und Berührbarkeit sind schön.

Ein glücklicher und zufriedener Mensch ist automatisch schön, aber auch ein trauriger Mensch kann Schönheit ausstrahlen, vorausgesetzt, er kämpft nicht dagegen an und trägt keine Maske.

In der Natur ist jede Pflanze auf ihre eigene Art schön, egal ob es sich um eine Rose, ein Gänseblümchen oder eine Brennnessel handelt. Natürlich haben wir auch hier Präferenzen.

Aber vielleicht sollten wir in jedem Menschen die ihm eigene Schönheit erkennen.

Heute habe ich einen Baum im Wald
gesehen
berührt
verehrt
bestaunt
bewundert und
mich an ihn gelehnt.
Er schafft es,
in Würde zu altern,
wird immer mächtiger,
seine Risse und Falten
sind teilweise von Moos überwachsen
und weich.
Er berührte mich im Herzen
Natur schafft es, uns Menschen zu trösten.

Trau dich

Die Band „Berge" hat das Lied, „Trau dich", geschrieben. Der Text dieses Liedes hat mich dabei unterstützt, genügend Mut zu finden, ein Buch zu schreiben. „Trau dich" ist eine Aufforderung endlich anzufangen und die Dinge, die schon so lange in meinem Kopf kreisten, zu verwirklichen. Es sind zwei kraftvolle Worte, die mich bestärkt haben mutig zu sein.

Ich habe das Lied, wie ein Mantra immer und immer wieder gehört und irgendwann hatte ich den Punkt erreicht, an dem ich bereit war, den sicheren Hafen zu verlassen und ein Wagnis einzugehen. Denn ohne Risiko würde das Leben sehr eintönig und langweilig sein. Am Ende des Lebens zählen doch die Erfahrungen, die ich gemacht habe und nicht die, die ich mich nicht zu machen getraut habe.

Für mich ist dieses Lied unendlich wertvoll, denn es bringt mich zum Handeln.

Winterschlaf

Die Tiere, die einen Winterschlaf halten, haben keine schlechte Wahl getroffen. Sie verzichten auf das Erfahren von Kälte, Nässe, Eis, Schnee, wenig Sonne und graue, trübe Tage.

Doch es gibt auch klare, sonnige Wintertage und das ist in so einer finsteren Zeit umso schöner. Auch das Trübe kann schön sein, wenn man es sich kuschelig macht mit Tee, Kaminfeuer und einer Decke.

Die Umstellung ist immer ein bisschen gewöhnungsbedürftig, wenn die Sonne weniger intensiv wird. Erst später, wenn ich mich mit der Situation abgefunden habe, kann ich auch die schönen Seiten dieser Jahreszeit genießen, sie sind weniger offensichtlich, wie die des Frühlings oder Sommers, dennoch gibt es sie.

Es beginnt immer mit dem Akzeptieren einer Situation. Ohne die Akzeptanz eines noch so schwierigen oder schlimmen Moments kann nichts verändert werden. Man hängt in der Opferspirale und sieht nur grau. Erst durch das Akzeptieren, dass etwas ist, wie es ist, kann Wandlung geschehen. Man wird freier, verschiedene Perspektiven einzunehmen und kann eine andere Haltung entwickeln.

Dann ist es einem auch möglich, die schönen Seiten des Winters wertzuschätzen, wie eine frische, glitzernde Schneedecke über der Landschaft oder die rare Wintersonne.

Freiheit

Als ich im Juni an meinem letzten Schultag meine Sachen zusammenpackte und den Schlüssel abgab, fühlte ich mich auf der Heimfahrt richtig frei. Ein Jahr lang keine Verpflichtungen, dachte ich mir, ich war so richtig euphorisch, denn das hatte ich ewig nicht mehr erlebt – bin ich doch seit über fünfundzwanzig Jahren im Berufsleben.

Frei, wie in jungen Jahren, den Tag selber bestimmen, dass daraus ein guter Tag wird, in meinem eigenen Tempo unterwegs sein. Das ist Freiheit.

Du kannst selber bestimmen, ob du Abenteuer erleben willst, oder zu Hause in Sicherheit bleibst. Ob du laufen willst oder im Schneckentempo gehen willst, ob du allein oder in Begleitung von jemandem sein willst. Und entscheidend ist nur, wie du dich dabei fühlst. Du kannst ausprobieren, wie du dich in bestimmten Situationen fühlst, ob es dir gut geht, wenn du durch die Gegend rast oder ob es dir besser geht, wenn du langsam unterwegs bist. Oder brauchst du die Abwechslung? Wie tickst du, was tut dir gut, was gar nicht?

Ich finde es zutiefst sinnvoll, immer wieder in sich zu gehen und herauszufinden, was einem gut tut, was nährt, was zehrt.

Ein Waldspaziergang, ein Gedicht lesen, bestimmte Musik, all das ist nährend für mich.

Es zehrt, wenn ich mich gehetzt und unter Druck gesetzt fühle, es zehrt, wenn ich mich nicht so zeige, wie ich wirklich bin und eine Rolle spiele.

Imagine

Ich möchte gerne in einer Welt leben ohne Kriege, Hunger, Flüchtlinge, Armut, Obdachlose, Boshaftigkeit, Ausgrenzung, Umweltzerstörung, Bloßstellung, Mobbing, Gewalt, Verbrechen. In einer Welt voll von Respekt, Unterstützung, Liebe, Hilfestellung, Frieden, Freiheit, Fülle, Harmonie, Achtsamkeit und Vertrauen. Eine Kollegin von mir meint, ich sei naiv, aber man muss naiv sein, um an Wunder zu glauben, damit diese geschehen können.

Auch die Schule sollte sich dringendst verändern und von einem Ort des Fehlersuchens zu einem Ort des Selbstvertrauens werden. Ein Ort, an dem man sich wohl fühlt, gerne ist, sich in seinem Tempo entwickeln kann und sich wertgeschätzt fühlt. Es sollte definitiv vorbei sein, jemanden bloßzustellen oder abzuwerten, wenn er etwas nicht weiß. Die Konkurrenz, die in der Schule antrainiert wird, sollten wir beenden und die Jugendlichen nicht ständig vergleichen.

In unserer Gesellschaft ist es leider so normal geworden, jemanden abzuwerten, wenn man nicht seiner Meinung ist. Es ist fast schon ein natürlicher Reflex geworden, über etwas oder jemanden schlecht zu reden, wenn es einem nicht gefällt. Warum kann man es nicht einfach so stehen lassen, warum haben wir Menschen das Bedürfnis, alles zu bewerten und unbedingt recht zu haben? Ich denke da dürfen wir noch einiges an Toleranz dazulernen, damit ein friedliches Zusammenleben möglich wird.

Schon Jean Paul Sartre meinte:

„Die Hölle, das sind die anderen. L'enfer, c'est les autres."

Und auch John Lennon singt in seinem Song „Imagine":

„Stell dir vor, es gibt keinen Himmel, keine Hölle unter uns, stell dir vor, wir leben in einer friedlichen Welt."

Wir könnten uns doch einmal vorstellen, dies in unserem eigenen kleinen Umfeld umzusetzen. In unserem Umfeld versuchen, jeden gleichwertig zu behandeln, auch wenn er ganz anders denkt als wir. Das ist eine Herausforderung, ich stoße da regelmäßig an meine Grenzen. Es ist ja schon schwierig, dem anderen zuzuhören und wirklich zu hören, was er meint. Wir sind es nicht gewohnt, wirklich zu lauschen, wir haben unsere Antworten im Kopf und die drängen sich immer wieder in den Vordergrund. Aber wir können uns immer wieder darin üben, es zu versuchen. Mit der Zeit werden wir immer besser und schaffen es vielleicht irgendwann, den anderen wirklich zu hören.

Nur so können wir besser miteinander umgehen. Es ist allerdings nur möglich, wenn wir selber entspannt und gut mit uns verbunden sind, dann können wir den anderen so akzeptieren, wie er ist. Wenn es uns selber nicht gut geht, dann ist es fast unmöglich. Also ist der erste Schritt, gut für uns selber zu sorgen.

Mein alter Begleiter

Mein guter Bekannter, der Zweifel, ist gestern wieder vorbeigekommen und ist auch geblieben. „Das wird niemand verstehen, alle werden sich lustig machen und dich kleinmachen, du wirst dumm dastehen. Völlig nackt, lächerlich gemacht und ins Eck gestellt."

Das geht seit gestern in meinem Kopf herum. Das kenn ich schon und doch beschäftigt es mich ungemein. Ich habe wirklich Sorge, das könnte passieren. Dann frag ich mich, ist es das wert, soll ich mir das antun. Ich brauche es doch nicht, ich führe doch ein angenehmes Leben. Doch ein angenehmes Leben ist und war mir immer schon zu wenig. Ins kalte Wasser springen, ist doch meine Art zu handeln. Trotzdem geht es nicht ohne Angst.

Gut dann eben mit der Angst.

An meine Leser: „Seid gnädig, wenn es euch nicht gefällt, dann müsst ihr es ja nicht in der Luft zerreißen, es runtermachen, ihr könnt ja einfach sagen, damit kann ich nichts anfangen."

Ich mach's allein

Ich gehöre auch zu den Frauen, die fast alles selber machen wollen. Äußerst selten um Unterstützung bitten und überzeugt davon sind, niemanden zu brauchen. Wahrscheinlich hat uns die Geschichte der Frauen dazu gebracht, so zu denken und handeln und doch glaube ich, ist es an der Zeit, diese Haltung zu überdenken.

In der eigenen Familie weiß ich als Frau ohne Frage immer alles viel besser, wenn es um die Kinder geht sowieso, schließlich habe ich sie ja geboren. Als Lehrerin ist es auch fatal, denn dann weißt du ja ohnehin, wie es in der Schule läuft und bist automatisch Expertin. Im Beruf lässt du dir auch nichts dreinreden und machst es so, wie du glaubst.

Und ich denke, dass die Phase, uns immer weiter zu emanzipieren, sehr wichtig für uns Frauen war, doch nun ist der Zeitpunkt gekommen, dass wir uns nicht mehr beweisen müssen. Mein Partner versteht mindestens genauso viel wie ich von den Kindern und den Umgang mit ihnen, schließlich sind sie ja zur Hälfte von ihm.

Es ist oft die Kombination unserer beiden Sichtweisen, die uns dann schlussendlich weiterbringt. Seine Meinung wertzuschätzen, fällt mir nicht immer leicht, da sie vollkommen anders ist als meine. Doch ich habe mühsam lernen müssen, dass ich nicht immer recht habe, dass meine Sicht der Dinge manchmal nicht ausreicht und es den männlichen Gegenpol braucht.

Ich bin sofort in der Situation der Kinder, stecke mittendrin im Schlamassel, während mein Partner es meistens ruhiger von außen betrachten kann. Dann gemeinsam eine Lösung zu finden, ist heilsam.

Über die Liebe

Dies ist eines der schwierigsten Themen, denn jetzt heißt es wirklich schonungslos ehrlich zu sein. Als junges Mädchen hatte ich eine riesengroße Sehnsucht in mir. Ich habe einige junge Männer kennengelernt, aber nach spätestens einer Woche waren sie mir alle lästig.

Mit Veit war das anders. Ich hatte ihn das erste Mal nur aus der Ferne gesehen und schon seine Besonderheit gespürt. Ich wusste, dieser Mann wird eine wichtige Rolle in meinem Leben spielen.

Ich lernte ihn erst Jahre später wirklich kennen und war ihm verfallen, die Liebe hatte mich mitten ins Herz getroffen und ich gab mich diesem Gefühl vollständig hin. Ich schwebte ein paar Jahre lang auf Wolke sieben. Wir waren eins, wenn wir uns liebten, ich wünschte mir, diese Momente würden ewig dauern.

Die Menschen, mit denen wir die größte Liebe erfahren, zeigen uns auch den größten Schmerz.

Es gab Nächte, in denen ich alleine war und durch die Hölle ging. Warten kann grausam sein. Man ist abhängig, ausgeliefert, kann nichts tun. Ich bin in ein tiefes Loch gefallen, bis ich ihn wiedersah.

Liebe ist Himmel und Hölle zugleich, größte Freude und tiefster Schmerz, heiß oder kalt, aber niemals lauwarm.

Im Laufe von dreißig Jahren verändert sich diese Sehnsucht. Der Alltag bestimmt das Leben. Die Kinder und der Beruf sind im Vordergrund. Es gibt Zeiten, da geht man sich auf die Nerven. Die Momente der Lust lösen sich auf.

Ich dachte, es wäre jetzt alles ruhiger geworden und dann plötzlich kommt das Begehren wieder, die Sehnsucht bricht wieder durch. Ich hatte schon fast vergessen, wie sich das anfühlt. Diese Lebendigkeit, diese elektrisierende, magnetische Anziehung, die dir Momente der Glückseligkeit bescheren, aber auch der Angst vor Schmerz und Zurückweisung. Das verletzliche Herz zeigt seine volle Verwundbarkeit und Zartheit.

Aber das anzunehmen, bedeutet wirklich zu leben, nicht mit Sicherheitsabstand sondern sich auf alles einzulassen. Sich mitreißen zu lassen vom Sturm. In den Wellen der Liebe immer wieder unterzugehen und danach aufzutauchen.

Ich dachte, das würde Teil der Jugend sein, doch nein, offenbar ist es vom Alter unabhängig. Es ist nicht aufzuhalten, es erfordert Hingabe, ob man will oder nicht.

Ohne die Liebe wäre das Leben schal und seicht. Deswegen ist jeder Moment ein Geschenk und heilig, auch die Momente der Angst, der Verletztheit und des Schmerzes. Man spürt sich und kann alles erfahren und das bedeutet doch leben, alles erleben und durchleben und sein.

Das wunderschöne Gedicht „*Was es ist*" von Erich Fried erklärt uns die Liebe, die eigentlich nicht zu erklären ist. Nur Lyrik, Gedichte, schaffen es manchmal etwas zu beschreiben, wofür Worte nicht ausreichen. Sie schaffen es, einen Funken dieses Gefühls heraufzubeschwören, das es zu beschreiben gilt und doch jenseits aller Beschreibungen ist.

Was es ist

Es ist Unsinn
sagt die Vernunft
Es ist was es ist
sagt die Liebe

Es ist Unglück
sagt die Berechnung
Es ist nichts als Schmerz
sagt die Angst
Es ist aussichtslos
sagt die Einsicht
Es ist was es ist
sagt die Liebe

Es ist lächerlich
sagt der Stolz
Es ist leichtsinnig
sagt die Vorsicht
Es ist unmöglich
sagt die Erfahrung
Es ist was es ist
sagt die Liebe

Erich Fried[3]

Vergiss deine Erziehung

Vertrau deiner inneren Stimme und vergiss deine Erziehung. Mir ist schon bewusst, dass man seine Erziehung nicht so einfach vergessen kann, aber man kann darüber hinauswachsen, über die Grenzen der Welt der Eltern, der Schule und Gesellschaft gehen. Nur so kann Entwicklung geschehen, denn die Eltern sind auch schon nicht mehr auf dem neuesten Stand und haben oft keine Träume und Visionen mehr, da sie ihr Alltag gelehrt hat, ihr Leben rational zu leben.

Oft haben wir gehört, sei brav, das tut man nicht, nimm dich nicht so wichtig etc. Ich habe lange gebraucht, das zu ignorieren, zu lernen, mich wichtig zu nehmen, nicht brav zu sein, sondern wirklich das zu leben, was in mir steckt und nicht, was in der Gesellschaft angesehen ist. Wenn meine Mutter das liest, wird sie meinen, ich habe sowieso immer das gemacht, was ich wollte. Aber das stimmt so nicht, Mama hat das so empfunden, da ich oft über ihre Grenzen gehen musste, aber für mich war das nicht so einfach. Ich musste innere Überzeugungen zerbrechen, die wir alle in uns tragen, die wir in unserer Kindheit verinnerlicht haben. Auch Schule und Religion beeinflussen sehr.

Gerade die katholische Kirche mit den Sünden und dem Gehorsam prägt die jungen Menschen mehr als man denkt. Da wird immer noch Angst verbreitet, in der Schule ändert sich gerade viel. Dennoch passiert es auch noch, dass mit Angst gearbeitet wird. „Wenn du keine Ausbildung hast, kannst du kein gutes Leben führen."
Wir leben in einer Gesellschaft, wo wir unsere Kinder aus der Kreativität hinauserziehen. Der Grund dafür ist die Angst,Dinge falsch zu machen. In dem Moment, wo du Angst hast, bist du nicht mehr originell.
Wir sollten das umdrehen, auf das „wenn ... dann" verzichten und den jungen Menschen motivieren, herauszufinden, was in ihm steckt und ihm zeigen, du kannst etwas, bist wertvoll, auch wenn es vielleicht nicht mit dem gängigen Bild eines guten Schülers übereinstimmt. In der Schule sollte jeder Schüler möglichst viele gute Erfahrungen machen können, das gibt Kraft und Selbstbewusstsein. Ein gutes Abschlusszeugnis ist keine Garantie für ein gelungenes Leben.
Man klammert sich an vermeintliche Sicherheit, die in Wirklichkeit keine ist. Sicherheit kann man auch in sich entwickeln, indem man an sich selber glaubt, das heißt nicht nur glaubt, sondern dass man Vertrauen in sich selber entwickelt; das ist meiner Meinung nach, das Wichtigste, das man den jungen Menschen lehren sollte. Auf diesem Gebiet können wir noch einiges bewegen. Da stecken wir noch in den Kinderschuhen, wenn überhaupt.
Begegnen wir den Kindern auf Augenhöhe, verzichten wir auf das Erziehen und beginnen wir, sie zu begleiten. Wie wär's?

Auch dazu gibt es ein wunderschönes Gedicht: von Tomas Tranströmer

Romanische Bögen

*In der gewaltigen romanischen Kirche drängten sich
die Touristen im Halbdunkel.
Gewölbe klaffend um Gewölbe und kein Überblick.
Kerzenflammen flackerten.
Ein Engel ohne Gesicht umarmte mich.
Und flüsterte durch den ganzen Körper:
„Schäm dich nicht, Mensch zu sein, sei stolz!
In dir öffnet sich Gewölbe um Gewölbe, endlos.
Du wirst nie fertig, und es ist, wie es sein soll."
Ich war blind vor Tränen.
Und wurde auf die sonnensiedende Piazza hinausgeschoben,
zusammen mit Mr. Und Mrs. Jones, Herrn Tanaka und
Signora Sabatini,
und in ihnen allen öffnete sich Gewölbe um Gewölbe, endlos.*[4]

Meine Schwächen

Meine Mängel und Schwächen – das, was ich nicht so gut kann oder das, was mich nicht interessiert – sind genauso wichtig wie meine Stärken.

Sie sind wichtig dafür, meinen Weg zu finden und ihn auch zu gehen und nicht irgendwann falsch abzubiegen und etwas zu machen, was gar nicht zu mir passt, weil es viel Geld bringt oder bequem ist.

Mich interessieren vor allem Menschen, technische Geräte interessieren mich nicht. Ich habe zum Beispiel noch immer kein Handy, obwohl ich mir mittlerweile vorstellen kann, eines zu verwenden. Lange Zeit war das unvorstellbar. Ich hatte das Gefühl, es behindere mich eher, als dass es mir dienen würde. Es erleichtert das Leben in vielen Bereichen, andererseits lenkt es uns aber vom Wesentlichen ab, wirklich im „Hier und Jetzt" zu sein. Es ist schon eine Herausforderung wirklich bei sich zu sein, sich zu spüren und nicht immer im Kopf zu sein, weil das Leben so schnell geworden ist, auch durch die Digitalisierung und man oft getrieben ist im Alltag.

Das ständige Erreichbar-sein ist nicht förderlich für Tiefe, die Tiefe in Beziehungen zu erleben oder den Moment wirklich zu genießen.

Schalte den Kopf aus

Folge dem Herzen und nicht dem Verstand. Es gibt Situationen im Leben, in denen dir dein Herz sagt, tu es nicht, das ist nicht gut und du tust es trotzdem, weil du auf die Gesellschaft hörst, weil man es halt so macht und es sich so gehört, weil die anderen sagen so musst du es machen, sie sprechen ja aus Erfahrung. Und du traust deinem eigenen Gefühl nicht zu – trotz der vielen anderen Meinungen – dir den einzig richtigen Weg aufzuzeigen. Das heißt, in Wahrheit hast du zu wenig Vertrauen in deine innere Stimme – leider.

Es gibt ein paar Situationen in meinem Leben, die genau so gelaufen sind. Ich lernte, meiner inneren Stimme zu vertrauen, indem ich den falschen Weg gegangen war.

Als mein Sohn drei Jahre alt war, war es normal, dass alle Kinder in den Kindergarten gingen. So meldete auch ich mein Kind dort an. Er fühlte sich allerdings überhaupt nicht wohl und es gab jeden Morgen eine Tragödie. Er klammerte sich weinend an mich und die Kindergärtnerin nahm ihn mir ab und ging mit ihm in einen anderen Raum. Ich blieb zurück, wissend, dass das nicht richtig war und voller Schmerz, weil ich wusste und fühlte, dass es meinem Sohn überhaupt nicht gut ging.

Alle erklärten mir, bei manchen Kindern sei das normal, das gehöre dazu, ich solle nur ja nicht den Fehler begehen, ihn wie-

der zu Hause zu lassen, er würde sich sonst nie daran gewöhnen. Leider habe ich die Meinung anderer wichtiger genommen als mein eigenes Gefühl. Heute noch zieht es in meinem Bauch, wenn ich daran denke und weiß, es war verkehrt, ich hätte es anders machen müssen. Aber es ist nicht mehr rückgängig zu machen. Ich habe allerdings daraus schmerzhaft gelernt, meinem eigenen Gefühl zu vertrauen und danach zu handeln, auch wenn es nicht mit den Werten der Gesellschaft übereinstimmt.
Die Angst, etwas nicht richtig zu machen ist oft größer als das Vertrauen in seine innere Stimme. Das hängt auch sehr damit zusammen, wie wir groß werden. Ist doch das Schulsystem so aufgebaut, dass man immer Angst hat, Fehler zu machen. Auch im Elternhaus werden wir oft nicht bestärkt, auf unsere innere Stimme zu hören. Wobei ich glaube, dass sich das jetzt gerade ändert.

Mira Lobe
*Aus: „**Das kleine Ich bin ich**"*

Zwischen hohen grünen Halmen geht das ICH-BIN-ICH spazieren, dreht sich nicht mehr hin und her, denn es ist – ihr wisst schon wer. Läuft gleich zu den Tieren hin; Das KLEINE ICH BIN ICH: „So, jetzt weiß ich, wer ich bin! Kennt ihr mich? ICH BIN ICH!"
  Der Erzähler: Alle Tiere freuen sich, niemand sagt zu ihm:
  Alle Tiere „Nanu?"
  Der Erzähler: Schaf und Ziege, Pferd und Kuh, alle sagen:
  Alle Tiere „Du bist du!"
  Der Erzähler: Auch der Laubfrosch quakt ihm zu:
  Der Laubfrosch: „Du bist du! Und wer das nicht weiß, ist dumm!"
  Der Erzähler: Bumm[5]

Der Fluss des Lebens und der „Affengeist"

Sich dem Fluss des Lebens hingeben, im „flow" sein, in Freude sein, das heißt, zuallererst spüren, wann und wo fließt es und wann hört es auf, zu fließen – dann wird es mühsam und schwer. Sich selbst zu spüren ist Voraussetzung dafür und das wiederum kann man nur in der Stille.

Und dann braucht es noch Vertrauen und sich treiben lassen, auf sein Inneres hören, zur Ruhe kommen und diesem Ruf folgen. Jeden Tag Momente der Stille in den Tagesablauf einbauen, achtsam mit mir selber sein, ist für mich mittlerweile unabdingbar geworden, denn immer dann, wenn ich das nicht mache, falle ich aus meiner Mitte, aus der Balance.

Dann werde ich unruhig und es gibt Tage, da ist es wirklich schwer, nicht sorgenvoll in die Zukunft zu blicken und zu grübeln. Die Gedanken drehen sich im Kreis, im Buddhismus nennt man das den „Affengeist".

Diese Gedanken anzuschauen und sie ziehen zu lassen, das ist das Ziel, denn du bist nicht deine Gedanken. Du bist das Bewusstsein dahinter. Den Körper spüren hilft, aus dem Gedankenkarussell herauszukommen, durch tiefe Bauchatmung oder Bewegung zum Beispiel.

Im Alter nicht grantig sein

So viele alte Menschen hadern mit dem Alt-werden und können nicht entspannt und in Freude sein. Ich finde das unendlich schade und habe mich schon oft gefragt, warum das so ist. Dafür braucht es, glaube ich, eine positive Einstellung dem Alter gegenüber. Man muss nicht immer auf das schauen, was mühsamer wird, oder was nicht mehr so schön ist wie früher. Klar, es verändert sich viel, aber das muss doch nicht unbedingt negativ sein.

Ich fühle mich zu Beispiel viel sicherer in mir als in meiner Jugend. Ich weiß viel besser, was mir gut tut und was nicht. Außerdem muss ich nicht mehr so cool sein, erlaube mir einfach, authentisch zu sein und bin zufrieden damit. Früher war es mir sehr wichtig, den Erwartungen anderer zu entsprechen, heute entspreche ich immer öfter meinen eigenen Erwartungen und meinem Gefühl für das, was jetzt dran ist. Auch was das Aussehen betrifft, bin ich weniger kritisch als in jungen Jahren. Ich kann auch die Seiten an meinem Körper wertschätzen, die ich früher abgelehnt und verurteilt habe. Was die grauen Haare und Falten betrifft, die sich schön langsam breitmachen – ich finde sie nicht hässlich. Bei manchen Menschen finde ich sie sogar sehr schön. Es ist doch immer die gesamte Erscheinung, die zählt und nicht, ob man ein paar Falten hat. Außerdem ist es für mich viel entscheidender, ob man Zufriedenheit ausstrahlt, oder nicht. Ein Strahlen von Innen ist doch wunderschön, in jedem Alter.

Oft resignieren Menschen, weil sie lange Zeit sich für etwas angestrengt haben, das sie nicht wirklich erfüllte. Sie haben oft das, was nicht so toll läuft, im Vordergrund und können sich stundenlang über etwas beklagen. Ich denke, genau das Gegenteil wäre wichtig – das, wofür man dankbar ist, in den Vordergrund zu stellen und sich jeden Tag über etwas zu freuen. Und da gibt es in den meisten Leben in Mitteleuropa sehr viel, nur haben wir hier verlernt, die kleinen Dinge wertzuschätzen. Lieber jammern und klagen wir über die Dinge, doch das zieht uns runter, tut uns nicht gut.

Nicht perfekt, aber gut genug

In unserer Kultur streben wir es an, alles perfekt zu machen. Wir wollen den perfekten Körper, das heißt die Idealfigur, ein ebenmäßiges Gesicht und wir streben es an, alles richtig zu machen: eine Prüfung, einen Vortrag – fehlerlos. Aber fehlerlos ist nicht genug und perfekt ist vielleicht auch nicht das, was wir anstreben sollten. Wir sollten versuchen, es so gut wie möglich zu machen mit Wärme, Gefühl und Wertschätzung. Leistung allein ist meiner Meinung nach viel zu wenig.

Wenn ich an Vorträge denke, ist es nicht genug, etwas mit Fachwissen darzustellen, sei es noch so präzise und fundiert. Mindestens genauso wichtig ist das Gefühl, das damit einhergeht. Das Gefühl, das ich selber verspüre, wenn ich rede und das, das ich bei den Zuhörern erzeuge. Da können ruhig Unsicherheiten, Versprecher oder etwas in der Art dabei sein, das wertet den Vortrag nicht notwendigerweise ab – manchmal werten ihn die Ehrlichkeit und Authentizität sogar auf. Perfektionismus ist nicht die Lösung.

Oft verhindert dieser Drang nach Perfektion, dass man sich traut, ins Handeln zu kommen. Ich habe mir vorgenommen, es anders zu machen. Deshalb wird es dieses Buch geben, auch wenn ich weiß, dass es nicht perfekt ist und das soll es auch gar nicht sein.

Engel und Arschengel
(Robert Betz hat diesen Begriff erfunden)

Es gibt sie, die Engel, die uns in unserem Leben weiterbringen. Ich hatte so einen besonderen Engel, es war meine Kollegin. Sie fühlte sich immer besonders arm und meiner Meinung nach hatte sie deswegen schon sehr viele Privilegien, die wir anderen nicht hatten. Eines Tages musste ich für sie einspringen und war stinkwütend auf sie. Diese Wut brachte mich dazu, klare Grenzen zu setzen. Ich musste raus aus meiner Komfortzone und sagen, was ich wollte und was nicht. Das war gar nicht so einfach für mich, war ich es doch gewohnt immer brav „ja" zu sagen. Aufzustehen und für mich einzustehen musste ich erst lernen. Aber die Kraft der Wut ist eine mächtige –die mir geholfen hat, mich selber wertzuschätzen und mich selber ebenso wichtig zu nehmen, wie andere.

Die Vertretung für meine Kollegin übernehmen zu müssen, kam genau zur richtigen Zeit in mein Leben. Vorher habe ich es nicht geschafft klar zu sagen, wie ich etwas sehe. Da war sehr viel „es allen recht machen" dabei und der Harmonie willen habe ich viel akzeptiert, was mir gegen den Strich gegangen ist. Heute bin ich meiner Wut dankbar, ohne sie wäre ich nicht in die Gänge gekommen. Auch meine Kollegin kann ich mittlerweile als Engel ansehen. Das war mir lange Zeit nicht möglich, doch irgendwann habe ich verstanden, dass ich durch sie gelernt habe auf mich selber zu schauen.

Brief Albert Einsteins an seine Tochter

Albert Einstein an seine Tochter Lieserl

Ende der 1980er Jahre übergab Albert Einsteins „verlorene Tochter" Lieserl 1400 Briefe ihres Vaters an die" Hebrew UniversityW unter der Bedingung, diese frühestens 20 Jahre nach ihrem Tod zu veröffentlichen. Dies ist ein Auszug aus einem Brief:

> *„Als ich die Relativitätstheorie vorstellte, haben mich nur sehr wenige verstanden und was ich dir nun enthüllen werde, um es der Menschheit mitzuteilen, wird ebenso auf Missverständnisse und Vorurteile in der Welt stoßen.*
> *Ich bitte dich, meine Briefe so lange wie nötig zu beschützen, bis die Gesellschaft fortgeschritten genug ist, um das, was ich dir als nächstes erklären werde, zu akzeptieren.*
> *Es gibt eine extrem mächtige Kraft, für die die Wissenschaft bis jetzt keine formelle Erklärung gefunden hat. Es ist eine Kraft, die alle anderen beinhaltet und regelt und die sich hinter jedem im Universum wirkenden Phänomen verbirgt und noch nicht von uns identifiziert wurde.*
>
> **Diese universelle Kraft ist die LIEBE.**

Als die Wissenschaftler nach einer einheitlichen Theorie des Universums suchten, vergaßen sie die unsichtbare und mächtigste aller Kräfte. Liebe ist Licht, das diejenigen, die sie geben und empfangen, erleuchtet. Liebe ist Schwerkraft, weil sie einige Menschen dazu bringt, sich zu anderen hingezogen zu fühlen. Liebe ist Macht, weil sie das Beste, was wir haben, vermehrt und nicht zulässt, dass die Menschheit durch ihren blinden Egoismus ausgelöscht wird. Die Liebe entfaltet und offenbart. Durch die Liebe lebt und stirbt man. Liebe ist Gott und Gott ist die Liebe.

Diese Kraft erklärt alles und gibt dem Leben einen Sinn.

Dies ist die Variable, die wir zu lange ignoriert haben, vielleicht, weil wir vor der Liebe Angst haben, weil sie die einzige Macht im Universum ist, die der Mensch nicht gelernt hat nach seinem Willen zu steuern.

Um Liebe sichtbar zu machen, habe ich einen einfachen Austausch in meiner berühmtesten Gleichung vorgenommen. Wenn wir anstelle von $E=mc2$ zu akzeptieren, die Energie akzeptieren, um die Welt durch Liebe zu heilen, kann man durch die Liebe multipliziert mal der Lichtgeschwindigkeit hoch Quadrat zu dem Schluss kommen, dass die Liebe die mächtigste Kraft ist, die es gibt, weil sie keine Grenzen hat.

Nach dem Scheitern der Menschheit in der Nutzung und Kontrolle der anderen Kräfte des Universums, die sich gegen uns gewendet haben, ist es unerlässlich, dass wir uns von einer anderen Art von Energie ernähren.

Wenn wir wollen, dass unsere Art überleben soll, wenn wir einen Sinn im Leben finden wollen, wenn wir die Welt und alle fühlenden Wesen, die sie bewohnen, retten wollen, ist die Liebe die einzige und die letzte Antwort.

Vielleicht sind wir noch nicht bereit, eine Liebesbombe zu bauen, ein Artefakt, das mächtig genug ist, all den Hass, die Selbstsucht und Gier, die den Planeten plagen, zu zerstören. Allerdings trägt jeder enzelne in sich einen kleinen, aber kraftvollen Liebesgenerator, dessen Energie darauf wartet, befreit zu werden.

Wenn wir es lernen, liebes Lieserl, diese universelle Energie zu geben und zu empfangen, werden wir herausfinden, dass die Liebe alles überwindet, alles transzendiert und alles kann, denn die Liebe ist die Quintessenz des Lebens.

Ich bedaure zutiefst, nicht in der Lage gewesen zu sein, das auszudrücken, was in meinem Herzen ist, welches leise mein ganzes Leben für dich geschlagen hat.

Vielleicht ist es zu spät, mich zu entschuldigen, aber da die Zeit relativ ist, muss ich dir sagen, dass ich dich liebe und dass ich dank dir zur letzten Antwort gekommen bin.

Dein Vater
Albert[6]

Die Welt retten – ein Leuchtturm sein

Du kannst zwar nicht die Welt retten, aber du kannst mithelfen, sie besser zu machen. Schon allein dadurch, dass du in unruhigen Zeiten in Ruhe und Besonnenheit bleibst, bewirkst du schon etwas. Ein liebevolles Handeln in deinem Umfeld wirkt sich direkt positiv aus. Du kannst der vielgepriesene Leuchtturm sein, der einfach leuchtet und vielleicht lässt sich ja jemand davon inspirieren.

Anlässlich des Terrors in Wien im November 2020 schreibt Matthias Strolz:

> *Meinen Hass bekommst du nicht. Du bekommst meine Betroffenheit und Traurigkeit …*
> *Meinen Hass bekommst du nicht. Eine weinende Umarmung.*
> *Matthias Strolz 2020-11-03*[7]

Ich fühle eine große Sehnsucht in mir, die Sehnsucht mehr Menschlichkeit auf zarte, sanfte Art, ohne Kampf, in die Welt zu bringen. Was wäre, wenn sich das ganz viele Menschen wünschen würden, wenn wir aufhören würden, uns als Opfer zu fühlen und einfach zunächst mit uns selbst und dann mit allem und allen um uns herum, liebevoller umgehen würden? Das wäre doch wundervoll. Wir denken oft, wir wären zu unbedeutend und klein, um etwas zu verändern. Aber das stimmt nicht. Jeder von uns beeinflusst sein Umfeld, seine Familie, Freunde, Nachbarn und die Menschen auf seinem Arbeitsplatz. Das ist doch schon eine ganze Menge.

Und es beginnt immer bei uns selbst. Wenn wir mit uns selbst mitfühlender sind, aufhören, uns ständig unter Druck zu setzen, uns anzutreiben, dann sind wir entspannter und können das auch mit den anderen sein. Also üben wir uns darin, schwierigen Erfahrungen geduldig, freundlich und liebevoll zu begegnen, aber auch, uns verletzlich zu zeigen.

Jeder Moment des Friedenschließens zählt, sei es in Partnerschaften, Freundschaften, zwischen Eltern und Kindern, einfach überall. Wir alle dürfen lernen, andere Meinungen gleichwertig zu sehen. Das ist die Herausforderung, vor der die Menschheit steht und ich auch.

Ich mag Träume, die gelebt werden,
Umarmungen, die von Herzen kommen.
Kaffee am Morgen.
Den Geruch von Sommerregen.
Erinnerungen,
die mich zum Lächeln bringen.
Absolute Stille.
Einfach nur da sein
und den Moment genießen.
Angelächelt werden,
ohne selbst gelächelt zu haben.
Lachen bis mir die Tränen kommen.
Tanzen bis zum Morgengrauen.
Spüren, dass ich lebe.
(Unbekannt)

Quellenverzeichnis

[1] Melzer, Günther: Zitate – Sprüche – Künstler & Literaten. 16.12.2010. https://www.zitate-online.de/sprueche/kuenstler-literaten/19934/und-es-kam-der-tag-da-das-risiko-in-der.html [Zugriff: 07.03.2021].

[2] Chödrön, Pema: Pema Chodron Foundation. Making a Relationship with Pain and Joy. 07.02.2020. https://soundcloud.com/pema-chodron-foundation [Zugriff: 07.03.2021].

[3] Fried, Erich: : Es ist was es ist. Liebesgedichte, Angstgedichte, Zorngedichte. 15. Auflage. Berlin: *Wagenbach*, 1996.

[4] Tranströmer, Tomas: Sämtliche Gedichte. 2. Auflage. München: *Carl Hanser Verlag*, 1997.

[5] Lobe, Mira: Das kleine Ich bin ich. 3. Auflage. Wien: *Verlag Jungbrunnen*, 1972.

[6] Jelitto, Renate: Ruhepol zum Innehalten und Beraten. 24.08.2015. https://www.ruhepol-jelitto.de/einstein-tochter-liebe/ [Zugriff: 07.03.2021].

[7] Strolz, Matthias: Meinen Hass. 03.11.2020. https://www.story.one/de/u/matthias-strolz-73b9cf8e/meinen-hass [Zugriff: 07.03.2021].

Die Autorin

Marie Rosenöl wurde 1969 in Horn geboren und ist im Waldviertel aufgewachsen. Nach der Matura ging sie ein Jahr lang nach Paris. Danach studierte sie Romanistik (Lehramt für Französisch und Italienisch) in Wien. Während des Studiums gab es immer wieder längere Aufenthalte in Italien und Frankreich. Mit 25 Jahren begann Marie zu unterrichten. Heute lebt sie mit ihrem Lebensgefährten und ihren beiden Kindern in Rosenburg am Kamp.

Der Verlag

novum VERLAG FÜR NEUAUTOREN

> „Wer aufhört
> besser zu werden,
> hat aufgehört
> gut zu sein!

Basierend auf diesem Motto ist es dem novum Verlag ein Anliegen neue Manuskripte aufzuspüren, zu veröffentlichen und deren Autoren langfristig zu fördern. Mittlerweile gilt der 1997 gegründete und mehrfach prämierte Verlag als Spezialist für Neuautoren in Deutschland, Österreich und der Schweiz.

Für jedes neue Manuskript wird innerhalb weniger Wochen eine kostenfreie, unverbindliche Lektorats-Prüfung erstellt.

Weitere Informationen zum Verlag und seinen Büchern finden Sie im Internet unter:

www.novumverlag.com